序　言

这本《生长的故事》是如此动人，讲述的都很真诚。我感受到的是两个灵魂生长的故事，彼此互相成就。

这本书让我感受最深的，是这种母子关系太可贵了。它们承认我们每个人的孤独和自由，在这个世界上衍生出一种不仅仅是建立在血缘关系之上的亲情。

我更多感受到的是，母亲把儿子当成一个真正的自由独立的人，母亲也把自己当成一个自由独立的人，不跟随所谓的潮流。母亲通过教导养育儿子成为一个自由独立的人时，也完成了对自己在年轻岁月没有得到的救赎。而儿子呢，在这样的与众不同的成长背景之下，无疑也与众不同，感受到巨大的孤独，心中却也背负着自己的使命。在这样的环境下，思索着世界，也探索实践着自己的思索。我感受到儿子和母亲殊途同归地在各自人生旅途上的迷思追寻，感受到母亲和儿子之间平等的对话和交流。在这个薄凉而孤独的世界做彼此的朋友，互相陪伴着，互相吸取着力量！

的确，我曾自诩"我是一个孤独的思想者"，我发自内心的羡慕这样的母子关系，我觉得是很难能可贵的。反之，我没有这样的母子关系！由于这是母子成长的故事，这个母子关系中蕴含地不仅仅是人际关系，更多的是对于儿子的影响。是他整个的年少时代会怎么样地度过，生活在一个怎么样的家庭，接受什么样的教育，受什么样的熏陶和影响，这样的影响太大了。这不仅仅是两个人生长的故事，这也是一个教育的故事。

在去年的五一假期邹思程曾经带我去他家玩。那几天不知道怎么用语词形容了，得到认可支持的感觉超级棒！

于我内心所言，最不期而遇的温暖和遇见，是他母亲和我的交流与对话。有诸多的共鸣，交流到一些真正的问题困惑。少有的，现在想来，我并没有和"大人"有过真正意义上的对话和交流，在那里，我想我体验到了：我真诚而认真的表达着自己的想法观点，并有人聆听。我从内心深处感受到鼓舞和她对我的理解与认可。我觉得这是超越年龄的真正平等的单纯的人与人之间的理解。

可能这样的交流从未有过，我也会如此活下去，但总是显得苦涩心酸许多！那个时候，我就开始羡慕我的朋友有这样一个伟大而充满智慧的母亲。

我始终觉得这位儿子，也是我的好朋友，他是很幸运很幸运的，拥有这样的母亲，可以自由地成长，可以和自己的母亲有精神上的交流、支持、陪伴。而这些我统统是没有的，我发自内心的羡慕如此，也感到喜悦，当我读完这本集子时，我感受到的是两颗真挚而自由的灵魂对彼此对这个世界的诉说！

或许一个理想的世界里，每一个母亲都应当如此，每一个子女都应当这般生长，我们都应当如此幸运的！

如果有一天，我成为一个父亲，我想我也会这样去陪伴我的孩子的！

—— 谭高升 2019.2.20

目　录

三封信

有些母子或许在微信上视频以减轻思念，他们则用一封一封的书信诉说精神的孤独。

——邹思程

　　我们这个家族是有使命在身的，精神的追求是我们不二的定位。在多大程度上克服了虚荣，在多大程度上摆脱了这个喧嚣世界的骚扰，在多大程度上控制住了自己，在多大程度上抵御了诱惑，就在多大程度上成就了你自己。

——《寄给儿子的信》

　　我找回了母子也是知音之间那种精神上的联系。我们仰望同一个星空，发出相同的拷问，产生相似的思想，这一刻，我突然间觉得自己不再孤独。

——《给妈妈的回信》

　　妈妈老了，头发白了，又不会修饰，也不屑于修饰，让我看上去是一个老人了。站在街口，那么平常的一个人，他们不知道，我的生命燃烧过，而且正在燃烧着！

——《给儿子的回信》

寄给儿子的信

儿子：

这周末你没给妈打电话，很忙吗？想一想，你应该很忙。课程多，再有两个月就期末考试了。这学期，你应该把哲学史读几个版本，下学期开始，选几个哲学家的代表作读读，然后确定几个感兴趣的哲学家进行深入的阅读和研究。元旦还要耽误几天，还有期末考试，时间还是挺紧的。事情很多，儿子你能把握好，妈妈相信你。

无论怎样，把身体保护好总是第一要务。昨晚妈妈梦见你浑身是汗就出去，没戴帽子感冒了，还梦见你吃了不干净的东西弄坏了肚子。有些毛病一旦出现，就一时半会儿好不了，去病如抽丝吗。外面冷了，戴帽子是预防感冒最好方法。饮食更重要，多吃水果，按时吃饭。还有钱吗？花完了，打电话给你存。

我让你老姨给你买一本邓晓芒翻译的《西方哲学史》，寄到你那儿了，注意查收。裤子收到了吗？改了吗？穿起来怎样？

黑格尔的《西方哲学史》读得懂吗？还是觉得吃力吧？

把我寄去的《哲学的故事》摘要反复看几遍，用不了多长时间，再把《哲学的故事》看一遍，然后再看邓晓芒的版本，最后再读黑格尔的，也许会好一些吧！

现在对这十几个哲学家及其思想多少有些了解了。我决定把卢梭、斯宾诺莎当作主要阅读对象，接下去再读读叔本华、尼采的作品，还有杜威的教育论著，康德比较难，放在后面。在读这些著作之前，我想先读读《斯宾诺莎传》和《康德传》，还有《尼采导读》。

不知道这些著作会花掉我多少时间。读完以后，我还是想转向文学作品。以后无论怎样的情况，即使在阅读期间，每年都要写些散文吧，写出一些给人启示和帮助的散文是我余生的定位。

人生是需要思考该怎样定位的。妈妈觉得你是有创作天赋的。从小到现在，你成长的一幕幕，越发觉得你专业的选择是明智的，思想水平和人生境界决定你的作品的高度。你一定会成为一个大文豪的，我一点儿都不怀疑这一点。从你姥爷到我，再到你，这个接力赛实在不容易。我们的目标绝不可能仅仅是在一个名牌大学毕业，再去一个光鲜的大城市，再变成有钱人，这个定位是狭隘的。我们三代人的努力，应该是给这个世界留下点儿什么东西的！

人生真的不是很长，太多的欲望一定不会成就有价值的创作。你关注一下青蒿素的发现者屠呦呦吧。又想要高学历，又想当个大官，又想做学问，又想当文学家，给自己太多角色，想成事就难了。即使有了名望，成就的东西的价值也经不起时间的推敲。好大喜功，虚荣一定会付出代价的。那些走到金字塔尖的人，都能守着自己一生的那份安静，那份真诚。康德、斯宾诺莎、卢梭都是这样的人。可那几位建立了庞大体系的哲学家，培根、伏尔泰等等，我倒觉得他们的哲学思想比不上前面几位。

妈妈老了，也许还有许多年能写作的时光。不管怎样，我觉得在一个小地方，读着圣哲，安静地思考，若有这样的生活，一定是值得期待的。

我们这个家族是有使命在身的，精神的追求是我们不二的定位。在多大程度上克服了虚荣，在多大程度上摆脱了这个喧嚣世界的骚扰，在多大程度上控制住了自己，在多大程度上抵御了诱惑，就在多大程度上成就了你自己。

妈妈想你！

2015 年 10 月 17 日

给妈妈的回信

亲爱的妈妈：

刚刚收到你的信不久，可是一直没有时间仔细读它，因为总是没有时间，还有就是妈妈写得好长。终于，我今天花了几乎一天的时间，把妈妈的信读完了，感触颇深，于是写了这封回信。

在收到这封信之前，其实我都好孤独，和高中的时候一样，我们班无论男女生关系都和我很好，我偶尔写一些东西说一些话或者发一些说说都会得到他们的称赞。可是这并不等同于我摆脱了寂寞，因为他们对我的称赞和敬佩，更多的是不明觉厉，而不是来源于理解、共鸣和激动。

从心底里，我觉得我们是不一样的，会感受到孤独带来的悲伤；如果我想和他们一样，又一定会产生那种由于痛失自我人格的迷惘和苦痛。比如说，有的同学虽然有些思想，可总是每天纠结于那些学术争辩之中，真正热爱哲学的人应该少争辩，多探索；有的同学除了徘徊在现实中，就是游离于花丛，他们的想法总是太现实，刻薄得可怕；有的同学沉浸在网络游戏当中，每天失去英雄联盟就等于失去了生命；有的同学整天都在研究论文和如何保研，时刻想着交流出去；有的同学人倒和我一样热爱文学，可总是批评我的文章写得不严谨，可是我实在不喜欢把文学搞得那么学术。我好像是天外来客，从来没和他们存活在一个世界里。

可是现在，我重新燃起了生命的火焰，因为在如今稀薄的空气中，不仅仅是我一团烈火在不息的燃烧。柏拉图创造了交流这种最美好的形式，现在，我们母子就正在以一种最为古老的方式交流着。以文字传递思想，其实是一种更准确沟通的形式。记得不知道是哪一个星期日的晚上，我被孤独和迷惘几近击垮了，很长时间里没能彻底恢复往日的从容。现在，我又重新找回了母子也是知音之间那种精神上的联系。我们仰望同一个星空，发出相同的拷问，产生相似的思想，这一刻，我突然间觉得自己不再孤独。

人生看似平淡，可这生活却如同战场，稍不留神就丢掉自己。就像在一条大河里，要有自己的方向和节奏，是要付出努力的。要时时有一种架势，抵御各种诱惑和自己的惰性。有太多东西在掠夺我们的生命，丢掉多少自我，就丢掉多少生命。从未有过自我的人，也就从未真正地活着，一个肉身而已。这是我在信中看到的妈妈的话，它非常让我震撼，又让我自惭形秽。

我突然开始庆幸，妈妈说的话让我重新找回了自己，本来我是有些失去方向的，同学们都和我不一样，那种从骨子里透出的不同，让我恐惧，也让我迷惑，我不清楚自己是该和他们一样，写论文，参加活动，吃老乡饭，还是彻底与世隔绝，把自己封闭在另一个宇宙。看完了刚才那段话，我的心里便明了了，人丢了什么，自我是万万不能丢掉的，生命本来就已经很短暂了。惠特曼的话我也想再说一次：我自成一个宇宙！

大学的哲学系和我们本来所想象的是完全不同的，即使它再优秀，也终究免不了要落入那些俗套。授课更多照本宣科，缺少真正的思考和讨论，在这里，人们学习哲学的目的，好像就只是为了拿到学士、硕士和博士学位。妈妈在信的最后写到过，如果就单是出国留学，读个研究生、博士，再发表个论文，当个院士什么的，哪来真正的成就。人活着，是有使命的，金钱和权力，只会给人带来纷扰，和享受过后的空虚。我觉得，当哲学被肤解的时候，就会完全失去美和乐趣，而我们现在，恰恰就在不断地重复着这种错误。哲学用来谈灵魂境界的时候，还是智慧；当它和物质欲望挂钩了，就变成了一种令人作呕甚至发指的器具。

同时，在看过妈妈的信之后，我突然觉得三个月的时光，似乎是虚度了。我在上大学之前，就曾经说过，到了大学，所有的同学由于和我有着不相同的成长方式，他们的生活方式与精神追求和我的都不尽相同，我一旦和这些正常人在一起，免不了要受到影响，学校里烦琐的事务及章程更会破坏我原有的计划。这个想法如今不出我所料的应验了，老师和同学与我之间更无法实现我们母子之间那样的交流。

我现在觉得自己已经被妈妈拉开了好长一段距离，如果再不追赶，我恐怕就要失去同这个唯一的知音交流的资格了。这个时候，我就在想，如果这三个月我能在家里同妈妈一起读写，是不是会比现在拥有的更多。

不过我又明白，时间是不可逆转的。既然我们曾经为了步入这个地方花费了太多的心血，就不能轻易地离开了。即便这里，和我们所想的大不相同，就好像不见长安里："这重重楼阁浩浩殿堂，都不是我想象，我心中曾有画卷一幅，画着它模样。"现在，虽然与梦境相去甚远，但我可以与此处构建一个属于自己的空间，在里面读书思考，然后写下自己的文章；偶尔觉得累了，闲了，迷失了，我还可以打开门走出去，去体验友情，去做人们所做的，来填充我活在另一个世界里所需要的东西。什么时候觉得自己的能力、水平足以支撑自己，不会轻易倒下，就走出去实现使命和责任，即使失败了受人指责与嘲讽，我还可以回到我的宇宙里，静静舔舐伤口，然后继续我的坚守。如此想来，我好像也是幸运的，也是比其他人幸福了好多，不是吗？

我现在在妈妈的指引下，已经基本形成了自己的生活规律，我每天会在固定的时间背单词，学高数看书锻炼身体，而且我现在基本上坚持每天都会写一篇文章出来，或者继续更新长篇小说。

好了，妈妈，儿子想说的就只有这些了，这封信写得好长，不过还好元旦就可以回家了。

　　妈妈，我爱你！

你最亲爱的儿子 聪聪

2015 年 12 月 3 日

给儿子的回信

亲爱的儿子：

黑格尔的《哲学史演讲录》第一册看了一半，这是个巨大的胜利，因为我坚忍地读完了导言部分，如此晦涩，却决不可以略过。后面倒觉一下子轻松了。我有信心进入哲学的殿堂，瑰丽无比，世间思想佳境，美轮美奂，妙不可言。人生渐入老境，才得以做自己喜欢之事，虽遗憾但还有机会，也算欣慰。哲学史后，读各哲学大家的代表作，卢梭和斯宾诺莎，或许我会读他们全部的作品。咱家现在有不少全集，怎么样，不错吧？

你写给妈妈的信，还有 QQ 上的灵魂自述，妈妈看了好多遍，要不，妈妈怎么能领会我儿子如此高深的大作呢？我一直后悔在高中时对你关心不够，不知儿子长大了，一心关注你的成绩。看了你的自述，突然发现我儿有能力认识自己，梳理自己的成长。妈妈期望的那些东西，我儿都懂，我期望我儿的成长，我儿都达到了。还有比这更令当妈的更欣慰的吗？还有妈妈的那些担心，妈妈怕你与环境、与现实、与人群，还有与自己成长的碰撞里，遇到不知如何应对的痛苦。妈妈发现你有能力想清楚这些问题，太棒啦！

与众不同会孤独，所以与众不同是一个问题，孤独是一个问题，它们合而为一，互为因果也是一个问题。即使当年我本擅长学理却从文，选学财经，是为了脱贫，与本性之喜爱方向不同，但在当时，我一个人在刚刚可以自己主动选择的年龄，可谓与众不同。后面我遇到了很多十字路口，一天天，一年年的生活，大多人随波逐流，但人生就像北京的道路和桥梁，十字路口的抉择无处不在。在一个小县城，一个小公务员，全世界最可以波澜不惊的生活，我的内心却经常风云大作。我领着我的小儿子，在别人眼里，最乏味、最平庸、最简单的生活，我每天都像一个战士，用我全部的勇气、全部的智慧，在这个失去理智的时代里战斗着。我没想到的是，这一切，我儿子全懂。我从来没像现在这样坚信：生命里所有的努力，所有的思索，所有对自己的真诚，所有的勇敢，所有的无畏与拼争，没有任何一点一滴会是没有意义的。我儿让我坚信了这一点。

不管别人是怎样的，不管时代是怎样的，我知道对的道路是怎样的。不看网络上怎么说，不看权威怎么说，不看时代怎么说，我始终相信自己的判断，相信自己对事物的看法。不管时代怎么做，不管别人怎么做，我只听从自己的理智、自己的判断、自己心灵的指引。不管别人多么热闹，靠着人多势众多么理直气壮，也不管他们暂时多么风光，看起来多成功，我照样走自己要走的路。我只一个人，但从不孤单，世界终究是我一个人的。我总是看到平常琐碎生活后面的东西，它告诉真理是什么。因为坚信，从不孤单，因为求索，因为战斗，每一天都是新的，每一天都是丰富的，所以从不孤独。没有机会关注别人对我的看法，没有时间关注别人的生活，更没心情关注自己的与众不同，从不孤独。我的生活里，从肉体存续的点滴劳作，到灵魂的发现与完善，让我无暇关注别人。那些抉择，那些劳作，那些战斗让我的生活是我一个人的，让我的生命是我一个人的。妈妈老了，头发白了，又不会修饰，也不屑于修饰，让我看上去是一个老人了。站在街口，那么平常的一个人，他们不知道，我的生命燃烧过，而且正在燃烧着！

妈妈认为这个世界上最可怕的东西就是网络的滥用，它侵蚀大多数人的生活。我看你信里有"不明觉厉"这个词儿，我和你爸查字典没查着，又上网查才知道意思。儿子，妈妈看了你的信，觉得你能把握好分寸。但网络接触越少越好，只是个工具，利用一下仅此而已便是恰到好处，现在的人都被网络左右了生活，很可怕的一件事儿。青少年痴迷网游能亡国吗？也许要有一次鸦片战争，焚毁充斥人们生活的精神鸦片。

这学期过去，再坚持不了太久，大学对你的压力就会小很多。朋友说我是个大俗大雅之间自由穿梭的人，说我这些年干的都是自己喜欢的事儿。妈从小在那么穷困窘迫的境遇里长大，对粗俗的人和事熟悉而且从不惧怕，而且不管怎样的喜爱文学，从来没把琐碎的生活丢弃过。我是一个脚踏现实坚硬土壤不忘仰望理想天空的人。我的人生重来一次，也许有些选择会有些改变，但大体不会有什么变化，我也不后悔。人生的无奈根植于精神寄寓于肉体这一现实。儿子，也许你再坚持一下，你人生在追求理想的道路上会少很多窘迫。

你这段时间写了那么多东西，一定很累，妈也怪心疼的，还是要顾及功课，妈相信你能把握好这分寸。从你的信里，我发现你对这些事都有思考，只是妈还是要唠叨一遍才放心。妈妈有这样选择自己生活的机会，还因为妈妈嫁了这个世界上最好的丈夫。你爸是有担当有责任感的好男人，除了给我安稳的生活，最主要的是珍视我。他对我说：你应该像杨澜那样有钱，张越那样出名，这样才配得上你的才华。你爸说的这番话，是一辈子的恩情。我已过上了这世界上最好的生活，除了你爸，还有我的好儿子。我真的很幸福。儿子，人生有理想，还要脚踏大地，担当你应该担当的，像你爸爸一样，做个顶天立地的男子汉。我们彼此懂得对方，这很重要。也许妈妈现在说这些不知趣，但妈妈还是想说，我和你爸的婚姻基础牢固，在工作已稳固的时候牵手，且我们为了这个家庭都在不同阶段作了让步与牺牲。你们太年轻了，在学生时代，爱情是美好的，但责任更重要，未来还是不确定的，尊重她，尊重自己。虽是年轻，但如果有什么不负责任的行为，或初衷就不纯正，这种伤害会让人记恨一辈子的。当然，我的儿子，我坚信，是个好孩子，凡事都能把握好的！

　　妈妈的眼睛花了，看东西费劲，这个肉身真的很重要，没有它，灵魂何以依附。父母给自己的身体应该珍视，少上网，少看电视，平时注意锻炼，注意安全，正常作息，不熬夜，天气不好，太冷或空气不好，戴口罩，好好吃饭。妈妈为了你能和别人一样有个正常的身体，多少年来不懈的坚持努力你都知道，现在全靠自己把握了。一天天积累，终有一天发现这种积累会有一个结果，或好或糟，不容短期改变。儿子，保护好自己。

　　妈妈还是挺想你的，想想你走在校园里的样子，心里不是滋味儿。领着你一步步走来那些寂寞琐碎的时光，竟是最好的。我儿子长大了，可就昨天，似乎还是那个弱小的儿子。多给妈妈打打电话。

妈妈

2015 年 12 月 15 日

我
诉说
着
我

　　真诚是一个思想者最珍贵的品质，尤其是对自己的灵魂真诚。

——邹思程

　　和其他东西成熟的过程不同，其中没有悲欢离合，只有迷失和寻找，徘徊与坚定。

——《我的自述：灵魂的生长》

　　我的人生旅途上，没有远方，只有自己；没有纷扰的人，只有自己；没有纷扰的事，只有自己；没有曾经的苦斗，只有自己；没有沧桑，只有自己。

——《我》

缘何而诉

屋檐下的几只燕子飞往南方，因为昨夜阴凉的秋风，它们没有翅膀；

空中几片美丽的云彩，因为天边的霞光，它们不是织娘；

随着人潮奔跑，因为一场叫 fashion 的风，我没有自己。

那个悲伤的孤独的是谁？

那个满怀渴望的是谁？

那个对渴望满怀迷惘的是谁？

曾经，自我从来没有超出对《卖火柴的小女孩》里那只烤鹅的想象；

那时的我一无所有；

一无所有不是理由。

每个人都有一段生命，忙乱得不知身体里有个自己；

每个人都不会也不该一生如此忙乱。

漆黑的夜里，内心依旧有光明，照亮黑夜的就是自己；

最孤苦无依的时候，内心依旧有力量，支撑你的就是自己；

多年的努力没有结果，却义无反顾，这份坚守就是自己；

周边的人轻视你、嘲讽你，你不在意，那份从容就是自己；

名利双收之后，依旧有要为之奋斗的，这个事物就是自己；

站在通往未来的路上，所有的人奔涌而去，却疑惑驻足的，就是自己；

欢天喜地的日子，觥筹交错的场景里，那个依旧孤独的就是自己；

忘记经受的伤害与苦难，踏实着幸福着，这份安宁就是自己；

一切已成定局的年龄，内心依旧充满渴望的就是自己；

生命的尽头，无一丝惊恐，那个视死如归的就是自己。

所有的文字，都因为我们惶惑孤独的魂魄。

（赵煜馨 2016 年 10 月 9 日）

我的自述：灵魂的生长

　　上了大学，功课并没有高中时候想象的那样轻松。后来仔细一品，才发现高中的自己还是有一些幼稚了，那些对大学绚丽的描述，更多的像是一种愚蠢的谎言，用来为我们描摹出对未来的憧憬，然后把这种憧憬变成推动我们奋战高考的动力之一。但是我变态地重新推敲了一下，忽然之间对于这种善意的谎言产生了鄙夷。如果说爱智与求知是追寻幸福的方式，那我们在高中三年不停出卖青春的目的之一，竟然是为了在以后的日子里停止对智慧和知识的汲取么？

　　不仅如此，本来做的很多白日梦，已经在大学里被彻底地删除掉。尽管原本也没有相信那些美好，可是现在连一丝一毫的希望都丢失了。

　　生活很忙碌可是不觉得充实，在这种情况下，我抉择了一下，脑子发热，就决定耽误一下手头的事情，开始写这个东西——灵魂的生长，自己的。要是非得说缘故，那就这么回答吧：突然觉得，叙述好了自己，才有机会弄清楚自己的生命愿望，把自己从这么迷乱的环境里扯出来。

人的生长，本就分成肉身和灵魂两部分。要是大概着说起来，只要是正常人，肉身的生长方式及过程都大同小异，可要是说到灵魂的生长，人与人之间的差距，是有可能大过人和狗的。而灵魂这种东西，决定了人是高贵，还是卑贱。

由于一直以来受到的教育和熏陶都比较独树一帜，所以好好想一想，我的灵魂，生长得肯定也比较特殊。因此，或许多熟悉一下自己，也是很有好处的。

最近这段时间，总觉得，有很多东西想吃我，甚至其中的一些，已经咬住我的躯干。我努力地想挣脱，心里深深地明白，自我这种东西，一旦被吃掉了，就很快会有另一个面目全非还有些大众化，格式化的自我补充上来。社会就这样不断蚕食那些不一样的东西，独立的自由人格很容易被消化掉。因为潮流，时尚，浮夸，欲望这些东西，构成的消化系统太过强大。

我一直在奔逃着，为了躲避时代。母亲说："与时代太贴近，最后一定成为最落伍的人。"然而，这个时代跑得太快了。落在它的后面又有些过于懦弱和卑小，我就只好跑在它的前面，可是既疲惫又危险，还带着恐慌。我知道，只要跑慢一点就会被洪流卷进去。而且一直在时代前面很难掌握好方向，那个时候，好像就只剩下心灵可以当作参照物。大多数时候，在这种情况下，人总是离群索居的。离群索居的人，不是野兽，就是神仙。大多数人的人性都远离上帝而更接近野兽，而我也不例外，因此就需要不断反思和拷问自己的灵魂，希望借此让自己不像野兽而更像上帝多一点。

说到灵魂的生长，我不得不说，灵魂这种东西，没有一定的营养，连生根发芽都是需要奢求的事情。让灵魂生长，也可以说是在不断地构筑自我。母亲说："人生看似平淡，可这日常生活却也如同战场，稍不留神就丢掉自己，就像在一条大河里，要有自己的方向和节奏是要付出努力的。要时时有一种架势，抵御各种诱惑，自己的惰性。有太多的东西在掠夺我们的生命，丢掉多少自我，就丢掉多少生命。从未有过自我的人，也就从未真正地活着，一个肉身而已。"所以灵魂和肉身的生长并不是同步的，一个人出现在世上，再到他离开这里，有可能他的灵魂，从来就没有存在过，倒是一副躯壳在这世间走过了一遭。这无疑是可悲的，对于"生不能带来什么，死不能带走什么"的肉身来说，生命过程就是在经受痛苦和磨难，真正的幸福和快乐只能寄托在精神上面。然而，从我自己看来，灵魂的生长所需要的养分是要有人给予的，当我们刚刚出现在这个世界上时，还仅仅只是一张白纸，白纸当然没有能力自己写字上去。不少人没有这样的幸运，于是灵魂一出生就夭折了。

说到这里，我不得不提及我的母亲，她是一个执着于追求思想和智慧并以此为人生乐趣的人，并且把这种乐趣传递和分享给我。擅于思考，所以母亲提早发现了社会的同化功能，为了保护我的健全人格，她一直同时代进行战斗。这个时候，一种独特的战斗方式产生了巨大作用，那就是教育。

在母亲的引导下，我渐渐出现了和他人所不一样的思想行为方式。当我们倾听天才的言论时，我们会回忆起自己在年轻时隐约有过的和天才一模一样的思想，只是当时我们没有口才或者勇气把它们表达出来罢了。母亲为了让我拥有那样的口才和勇气，把读书和写作作为了我接受教育的主要内容。她自始至终都坚信，我只要坚持以此样的口才与勇气言说，就一定会是一个天才。除此之外，我在少年时期，母亲还把玩耍作为一个科目。事实上也应该如此，而我也受益匪浅。无拘无束的游戏之中，才最容易窥探到并开发孩童的天赋和品格。

于是，在其他同龄人倾注精力在学业上时，我除了读书，偶尔产生想法，用粗浅、稚嫩的文字记录下来，就是到野外让自己更像一个野蛮人多过像一个现代人。社会在不断进步着，我却越来越累而且越来越觉得生命无趣且无情了。因此，有的时候，我希望通过暂时性地远离现代社会，让自己回归自然，野性，自由和淳朴。

自然而然地，我比其他小孩更早地在脑海里对梦想，理想，追求，希望，这些高尚积极的概念产生了兴趣和思考。人这种东西，尤其是孩童，一旦得出了什么理论，总是会急着实践。而实践的结果也是可以预料的，没有经受岁月的洗礼，就难有成熟和沧桑，想法也就与现实严重脱节，实践自然会以失败告终。在这以后，我才渐渐开始懂得现实的残酷，不可避免地，一种叛逆的批判心理在我的头脑中习惯性地出现。我开始对各种社会问题进行反思，这种反思进行得越深刻，我所爆发出来的愤怒和激进也就越明显。渐渐地，我开始仇视一切我认为错误的东西，而它们，极有可能也同样仇视我。社会生活要求个人为了公共秩序放弃自己的一部分权利，行为的最终标准就是群体的利益。所以有很多时候，我得尽力让自己不合群一些。

可是在这种状态下的我，越来越不适应自己所处的环境。我就好像一个红细胞，在社会的硕大躯体中，遭受到了强烈的排斥。即便我自己生长自己的，他们也生怕我引发病变。

我慢慢开始认识到，只弄清现实而不幻想美好，永远不能从劫难和绝望中挣脱出来。生命的航船，既要击破拦住去路的冰川，又要明确最终的方向。

当一个人在看清现实的时候还有梦可做的时候，他是无比坚强的，我开始追问自己想要什么。最初的答案高尚但过于的博爱，长远却忽视了命运。后来觉得，梦，可以是朦胧的，只要用心追寻就好；可以是自私的，只要存在意义便可。

这个时候的我，开始逐渐形成自己的价值观体系，其中，自由成为主线一样的东西。

生命，短暂而且珍贵，需要我们真正尊重和用心珍视；自由，难得同时高尚，需要我们不懈追求和庄严膜拜。自由的生命，是宇宙间最伟大也是最超然的存在。伟大，因为它让自身也让世界精彩；超然，因为它既容忍也能挣脱那些束缚。

这是我自己对自由与生命的独特理解，总觉得，不论它正确与否，至少我有着独立的思想，就足以自傲。

然而，自由之路上必然是布满泥泞和坎坷的。我曾经被别人，也被自己，差一点击垮过。后来明白，那些磨难不曾经受，那些迷惘不曾有过，如今的我又怎么能回忆着它们，并视其为人生中最快乐的收获。

我曾经遭受到嘲讽和讥笑，曾经被谩骂，被唾弃，可是一颗不甘沉寂的心脏，仍旧跳动着。孤寂的寒风吹凉弱者的心，强者却希望它吹得更冷。

我也曾经陷入过彷徨失措。

众所周知，由于历史的原因，中国人的心灵在功利主义和隐逸者也之间茫然地徘徊，使入世变成没有理智的掠夺，使出世变成失败的藏身之所。在这样的群体里，最容易形成时尚和潮流，所有潮流的流向，都是一元化的价值取向。因此，人们的心灵总像一架失控且毫无目的的马车，而我也不例外。在这样的情况下，一些人产生了很多若有若无的逆反的思绪，他们之中有的成为时代的精神脊梁，有的因为逐梦失败而绝望自杀。我始终在思考，更在徘徊。现在想起来，也许，那是我灵魂生长的过程中遇到的最重要的十字路口。

后来渐渐产生了一种中庸的思想，活在这个时代的我们，不必成名成家，也不应无望轻生。或许在那若有若无的显得稍许逆反的思绪里，我们可以明确自己生命的存在方式，让肉体跟随灵魂的脚步。压抑的空气里，用手指轻轻拨开层层雾霾，我能看见的那束光亮，也许别人看不见，但我可以安静的仔细欣赏和朝它漫步。可能在不经意间的闲谈中，或者是不假思索便跃然纸上的文字里，都可以找到自己对这份本只属于我自己的光明的描述，里面有美，有爱，有善，人们会屏住呼吸倾听或者阅读，然后和我一同寻找不可能完全一样但却一定相似的境界。

当我能够单纯以偏向自私和高度自由的理性而不是以感性思考时，就可以抛却各种复杂情感，各种虚荣心，羞耻心。至于客观条件，我顺从它尊重命运就好了。如果能做到这些，我不敢说能完全做到心灵的绝对独立，但也差不多了。也许对于这种生命存在方式，其他人甚至我自己有时候都会觉得它荒谬，无耻，自私和卑鄙，但当我在这种境界里常驻而不乱，无求却有为，我慢慢发现，恰恰是这种封闭，才真正让我拥有了成为这个世界里不可或缺的因子的可能性。

以上就是我自己灵魂的生长，每一段我都历历在目，和其他东西成熟的过程不同，其中没有悲欢离合，只有迷失和寻找，徘徊与坚定。

纵观我灵魂的生长历程，我发觉我可以这样总结自己：萌芽，激情，批判，追寻，反思与构建。

今后的岁月里，我将继续带着一种顺其自然的逆反，在孤独寂寞中不断适应却不趋同于社会生活，以不失热情却客观理性的态度认识事物，然后带着全部的勇气，智慧和力量守护自由。

灵魂的生长，还在继续，即便肉身消亡。我站在自己精神的最顶端，却发现灵魂的视野并不能遍及生命，只有继续朝未知的高处攀登。

灵魂的生长，让我的生命日渐丰盈。时光飞逝，有朝一日，当我青春不再，生命即将完结，回想起它的过程，如若能感动，便死而无憾。

（邹思程 2015 年 12 月 7 日）

我

（一）

　　"我"是很虚妄的东西，大半辈子的战斗与挣扎似乎都身不由己。

　　窗外这几棵树，陪了我好些年，近十层楼高了，哪儿都没去过。护城河边的那些几十年的老榆树，也哪儿都没去过。不管所在的地方喧闹还是脏臭，脚下坐着个流氓，还是个哲学家，它们都不躲闪。我去了好多地方。为什么去这些地方，没有去其他地方？我从这个人那个人的嘴里知道一些地名，或者很多人都去的地方，我便去了。那些大家都去的地方如此喧闹，那些看似奇异的景致给我一些肤浅的经验和感动。可是，我好像还要去很多地方，为什么？

　　哪儿都不去，可以吗？在新疆，力争长成一个荒凉的诗人；在西安，我就成了一个悠远的作家；在广东，长成一个商人；在黑龙江，长成一人安逸的农民。不是双脚把我领走，是我那棵浮躁空虚的心灵。自欺欺人地看到一些可有可无的景致和事情，却不能让我内心充盈。在一个地方，哪儿都不去，在短暂的生命里，或许能想明白一些事情，也能做成一些事情，可是那些可有可无的景致和肤浅的感动夺走了我真正成点儿什么的机会。不仅如此，每次从外地回到家，我都病一场，且要花很多天才能回到我的生活氛围里。这些偶尔的行走把我的生活撕裂得伤痕累累，破破烂烂的。为了知识，为了财富，为了看见，我的生命破碎掉了。

只有在一个地方，我的感觉，我的思想，我的喜好，才能慢慢地聚敛起来，慢慢地有了它们该有的形式，再有了魂魄。太多的事情让我迈开双脚，东奔西走。可是行走却并没有让我获得自由。

车开在高速路上，我奔向的是一垛垛的、一片片的云雨。我突生悲凉，因为那些云彩，那些风雨。云随着风，没有形状，去往没有名字的地方，或化成一帘秋雨，无牵无挂。天空是树枝伸展的去处，风是云的形状，阳光是云的色彩。

我还是要回家的，回到那个小小的四方的空间里。我们每天还要走进一个固定的办公室。这些四四方方的，装进我们身体的地方，也装载我们的精神和灵魂。如云的灵魂也变得四四方方的，也便不再有灵魂了。那些建筑物无论怎样的外形和流线，都改变不了它束缚的本质。

我们走出云，那个屋顶依旧压在我们的头上，这种形式不能摆脱作为人所受到的束缚。人类因为自作聪明，发明了很多东西束缚自己。也许哪儿都不去，头上会长出什么，穿透钢筋水泥，看到只属于自己的景致。

很多看不见的东西更有力量。人们把时间分成一段段的，甚至还有秒这么微小可怕的段落约束你。在规定的时刻去固定的地方，做固定的事情，生命的河流被时钟分成段落组成的节点，自由和思想的翅膀被斩断了。我不能把一件事情想得太清楚，钟点提醒我该结束思考了，我的悲伤也不能发酵成凄美的花朵，因为钟在告诉该睡觉了。甚至我做的事情也是有时效的，后人看得见的事情，我们看不见。我们又如此短寿，没有勇气把一件事情想得深远，做得充分。做过的纠结的不够饱满的事散落在我们的人生里，总觉得意犹未尽。

小时候，我会在一片雪地里痛痛快快地玩下去，那个雪人按着我的想象变幻模样，我的想象也就无限地延展着，无拘无束，即使夜空寒星闪烁，没有母亲的呼唤，不会停止。无论吃饭，还是睡觉，想象还都继续着，沉浸在那巨大的热情里，无休无止。从什么时候起，不能坦然地在公园的长椅上坐久，不能没有目的且放纵地沿着哪一条路走下去，有什么召唤我回去，不是母亲，不是哪个人。

不是那些大大小小的时刻，不是头上的屋顶，不是四四方方的房子，不是那些别人口中的名字，不是快要来临的黑暗，不是注定要控制人的饥饿，是一个更强大的，看不见的，不可言状的东西恐摄着我，也想恐摄着所有人。人们就像规避寒冷一样，聚在一起，规避那个恐摄我们的家伙。谁也不敢成为独自一个。见大伙吃什么，便吃什么，大伙去哪，便跟着去哪，别人说什么，便听什么，然后再重复什么。我们去同样的学校，学同样的课程，再送我们的孩子去这些学校，学这些课程。我们的人生似乎就是为了这些学校，这些课程存续。那么几个人，编出几本书，编出一些试题，就统摄了我们，统摄了我们的一代代人生。如果哪个妈妈，哪个孩子敢大声说话，说一句对这几本书、这些试题和讲授这些书本这些试题的人的怀疑，那么你就要独自承受那个我们看不见的家伙的恐摄。

我们乖乖地做着跟大伙一样的事情，说着一样的话，或许这样可以节省很多力气做别的事。做什么事呢？

没有一个敢说他挣的钱足够了，可以停下来随便干点自己喜欢的事。赵本山说了，人生最悲哀的事情就是人活着钱没了。很少有人会像动物那样，因为没有储备足够的食物饿死，这是人最聪明的地方，也是人最悲哀的地方，我们为此付出生命的全部。

我一天天长大，渐渐接受更多的束缚，"厚厚的垢下面，空空如也。"一些空荡荡的又被捆绑起来的皮囊，却有一个特异的功能，就是不停地讲话。

不管是旅游去到的地方，商场，办公室，无论在哪里，捆绑我的，压抑我的不仅仅是那些房顶，还有很多人不停讲着的话。这些声音的嗡嗡作响，扰乱着我，撕扯着我，让我不是我，又不知道是谁。我又不敢大声嘶吼，那样我的声音就会一下子不一样，后果是那嗡嗡声会一下子静下来，都侧目于我，然后把我撕成碎片，消灭我这个发声器，以使他们的嗡嗡继续。

我的那层厚厚的垢下面，并非空空如也，有一颗血淋淋跳动的心，总让我有如狼一样站在高处上，对天嘶吼的冲动。那遥远的神秘的嗥叫多么让人向往，如空谷幽兰，它的馨香无限散发，永不停歇。

不去远方，不说话，只全力聚拢我那如云团般的魂魄，总有一天，我会发出一声如狼般的嘶吼，让我那颗血淋淋跳动的心震颤不已。

（二）

早晨的雾气到了午后还未散尽，阳光朦胧又温暖，我的内心如波光不惊的湖面，惬意又平静。

在近五十年的人生里，一定有很多个这样的午后，但它们都是烦扰的，即使无所事事得无聊。人生里堆满了各种各样的事，各色人等来来往往。

今天这个午后，走过近五十年生命岁月的午后，回望来路，那么宽阔的人生旅途上只我一个人。原本拥塞纷扰的路一下子清静了。杂乱的人和事如早晨那些浓雾不知什么时候升腾消散开去。

我挚爱的亲人们则留在我的心底，即不扰乱我也不给我负重，只让我感觉温暖，与我同行，在这条突然宁静修远的旅途上。

人生最初的十几年里，用来长成一个的躯壳。同时，睁着空洞的双眼，看云、看树、看山、看水。奔跑在山野之间，攀树、割草、戏水。

后来，被扔到一群人当中，接下来几十年的岁月里，学别人的话学说话，看别人的行为学做事。人的世界是一个海洋，进去了就被淹没了。人学会了游泳，可是海浪和人潮都叫你只能挣扎着保持露出头来不淹死。

人的力量在这里面显得如此微弱，你在里面挣扎，看不到远方，看不到自己。在人群里，注定看不到自己，注定要丢失了自己。只有在人群里，你才像一个人。永远在人群里，你永远被看作一个人，但这个人永远都不是自己。父母看着我长得像个人形，会讲人的话，会做几样只有人才会做的事情，就把我丢进人群，就像被撒到鱼塘的鱼苗。我们也会把自己的孩子丢进人群里，父母只能做到如此了。长成一个真正的人，也就是长成自己个儿，别人是帮不上忙的。

你看动物妈妈，心狠地把孩子扔下，让它自己过生活。其实作为人，我们也一样，即使你身边尽是爱你的人，但他们早就把你扔下了，自从你独自走进人群里的那一刻，你能否长一个真正的人这件事，再也没人帮你了。但最初的岁月里，你的父母曾灌输给你什么，就像狮子拥有怎样的体魄一样，在很大程度上决定了你的走向。

今天午后温暖阳光中的我，是那个不轻易能够长成却已经成熟的自己吗？

坐在红叶飘落的长椅旁，更像在一片海岸上，听着那片曾经挣扎于其中的海的波涛声，还像一个站在一条大路边，回望奔跑于其上的来路。尘埃落定，只见午后温暖的阳光。

在这么舒适的午后，人生旅途上再无纷扰，那个来路上的我，飞奔过来，像电影特技一样，躲进路边的我这个躯壳，我此时此刻才长成了一个浑个儿的人。

这个真正的属于自己个儿的人，在人生剩下的那段旅途上，望见了一座属于他自己的山峰。这山峰景色旖旎，挡住了山后面死亡的深谷。这是那个我，攀爬的过程就是我自己。我会在人生最后的旅程中，在山野的无限风光里走向永远。

不是每个人都能拥有这个可安享阳光的午后，不是每个人都能找到那片踏实的海岸，不是每个人都能回望来路，并看到一个人在人生之旅上踽踽独行，不是每个人都能在沧桑过后找到一座属于自己的山峰。

如果在那片人群里的拼争，不管怎样的艰难，不管怎样的孤独，你都能多问一个为什么，能少一份盲从，能坚守向着真理的脚步，能多一份敢于担当的勇气，多一些对自己内心那份模糊但依稀可见的愿望的尊重，多给自己一些十字路口的彷徨，多一些不随大众的选择，一天天、一月月、一年年的坚守下来，你就越来越是你自己了。

最初的"我"是一个躯壳，空空如也。无法设定将来那个"我"将装进什么，成个什么样子，难以描摹和想象。也许直到人生旅途的尽头，也没有一个明晰的完美的自己。

也许一切都身不由己，而一切似乎又都握在"我"手中。

那个飘忽的我，那个飘忽的寻找的旅程，那个飘忽的结尾，让我们如此不知所措。

若给你一杯青春之泉，再来一次人生之旅，也许我们依旧不知所措。

这个如惊弓之鸟般慌恐无助的"我"，手中若有一般武器，"我"就会立即镇定下来。这般武器就是真诚。真诚地对待"我"，旅途多舛，依旧从容。我不用众人的标准搪害自己，我不用远方的憧憬逃避自己。

因为真诚，"我"在人生旅途中的每一次表演，"我"都是主角，不管那个配角心怀鬼胎，或心不在焉，都不影响"我"的表演，更不影响"我"的收获，所以在大多数人纷扰的人生路上，我只看到自己的踽踽独行。

在秋日的这个午后，清除众人给我的人生课题，回看来路，失重的我看到路上一个人，找到了人生剩余段落上的那座待我攀行的山峰。

从此，我的人生旅途上，没有远方，只有自己；没有纷扰的人，只有自己；没有纷扰的事，只有自己；没有曾经的苦斗，只有自己；没有沧桑，只有自己。

（赵煜馨 2016 年 9 月 9 日）

遵从心灵的指引

　　每个人都有一缕魂魄，带给我们惶惑的，是它；带给我们憧憬的，也是它。

——邹思程

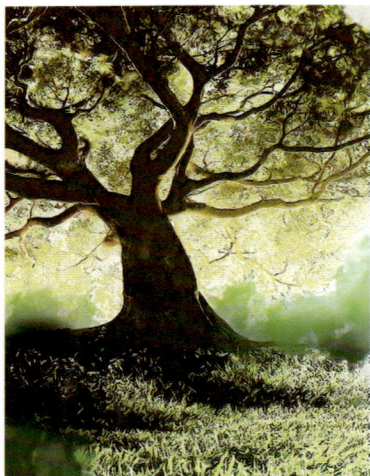

　　此刻我不再是我，我把自己从对寄寓着我灵魂的肉体终将消逝的惧怕，恐慌和绝望中解放出来。

——《我该如何存在》

　　这是一个被名字掩埋的时代。人的名字，事情的名字。生命里除了名字什么也没有。没有灵魂的岁月里，人们每天都能看见死亡。

——《名字》

我该如何存在

　　我行走在建筑，街道，霓虹灯，柏油路，车辆和人群的缝隙里。即便这么狭窄，迈出每一步都要用尽全身的气力，我还是不愿意离开。因为这里是人类的边缘，此处更容易满足内心的渴求。

　　曾经稚嫩的我身上布满了叛逆的锋芒，妄图刺破一切束缚。可是岁月那么残忍，用潜移默化的方式逐渐磨去这些凸起。如今我身上看似圆滑，但只有自己心里才清楚，躯壳下面藏着的疤痕，只会随着时间加重颜色，因为它是沧桑。

　　年少的我，也曾经有过冲动，有过燥热，想要朝着某个方向，奋力狂奔。可是后来却发觉自己曾经想要追求的，都不是精神上的快乐。

　　人，生带不来什么，死也同样带不走什么。能让我在肉体完全消亡时获得安息的，却不是那些种种。

　　如果可以，我多么希望，孤独而热血的梦，不仅仅在年少。

　　或许我的理想都碎裂了，可是我至今仍然庆幸，庆幸我用一段死亡开启了另一段重生。

人的灵魂总是这样，不经历浴火重生，又怎么能不断摆渡逆流而上。

然而追求着什么，便终会有一日对正在追求着的产生怀疑。

渐渐的我体会到一种悲情。

那便是，人生的无奈根植于精神寄寓于肉身这一现实。而人的肉身就没有精神那么自由了。为了生存，肉体便不得不屈从于物质的现实，尤其是当你的思想对自己所处的现实不满和排斥时，一定会是痛苦不堪的。

我就像漫天飘散的宇宙尘埃，浮游在黑暗中，甚至不知道自己身在何处；我仿佛无端浩渺的星河光辰，摇曳在广袤里，甚至不清楚自己照耀何方。

后来慢慢发觉，人之所以受现实的禁锢，是因为灵魂没有超越我的存在。

环境和规则所禁锢的，那些人创造的却异化反而控制人的事物所禁锢的，其实仅仅只是我的肉身。当我的魂魄自主脱离我的肉身，它将卸去枷锁。

现实的肉体尽管随遇而安，只需要将内心四处流放。

我的肉身在此处安歇，精神却在自由燃烧。

我的心中描绘的，勾勒的，都不是我肉眼所看见的。我的精神独自孕育，形成一个世界，自成一个宇宙。

此刻我不再是我，我把自己从对寄寓着我灵魂的肉体终将消逝的惧怕，恐慌和绝望中解放出来。

肉体在人群中麻木了喧嚣，灵魂却独自行走在另一个世界。我用这种方法，让自己看起来溶于凡俗，实则与世隔绝。

当寂寞在唱歌，欢笑骄傲不再，我便成功逃离尘世，开始我自己的真，善与美。

星空下，我的耳边响动着风吹野草的声音。于是我的心燃起熊熊烈火，把它们都烧尽了。此刻，我的世界里唯独剩下自己心跳的声音。

"呼呼"，节奏颇有韵律……

（邹思程 2016 年 1 月 9 日）

名 字

　　人们在盲从里收获安全感，而不在意自己的行为是否有价值和是否正确，即使这种行为是荒诞的，很多人都在做，就感觉天经地义和心安理得。真理大多数时间不在众多的人手里，大众的行为也极少是理智的和正确的。

　　这个世界上也许没有对错，只有少数和多数。在本质上对的少数也只有到了多数人理解或者虽不懂也认可了的，才能被认为是对的。

　　我的人生岁月，大多数段落没有名字，它们却构成我生命的真正岁月。没上过幼儿园，小学每天只有上午或下午一小段时间。即使在这一小段时间里，我也在天马行空中，把它与课余的时间连在一起。我一直把这段岁月当作一段可有可无、无知无觉，似乎没有太大意义的段落。大家伙也许跟我有类似的想法，所以他们把自己孩子的这段岁月规定在一个个有名字的小盒子里。孩子会在花样不一的班级学各种技能。孩子们人生的最初岁月就用这些积木搭建起来。

我在这种对照中看到了什么呢？看到了我们那一代人人生最初的十几年里，所经历的看似虚无的岁月的模样。

追逐一架久而不见的飞机，直到它的踪影消失在天际，可那时候我不知道什么叫天空和远方。在山野间奔跑，一朵花奇异艳丽无比长在一坟冢的顶端，爬上去，花已在手的一瞬，我的一只脚陷入了塌陷的棺木，心狂跳不止，连滚带爬地逃离，手里的花朵也有些折损，那时的我不知道什么叫恐惧。我的世界是没有边际的，整个的天地都是触角可以伸展的去处。邻居一个老太太有一天蹲在院子里撒尿，我蹲在旁边看她的屁股，她好脏、好丑，太让人讨厌了，即不温和也不宽容。那时候的我不知道人老了就会忘记美丑，忘记表演，忘记别人，那时的我不知道美丑善恶的概念。我挖一棵树的根，控了几天也没见到多少树根，树依旧站在那儿，我不知道即使我再长上几十年，也不会比一棵树有更牢固的根茎。那时的我，什么都不知道，也什么都知道，那个内心没有装进很多名字的我，没有约束地体验着一切。浑身每一处神经都是敏感的，只是那些触角收获的没有名字。就像我和一个小朋友滚打在一起，等我们再站起来，浑身泥巴和血汗，却不知它的名字叫战斗，只体验到酣畅淋漓。一段没有名字的岁月，体验是无限的。除了母亲喊我吃饭，再加上在学校的时间，我的生命里似乎没有什么休止符，它像溪流，在山谷里奔流跳跃，一路欢歌。不知是什么让我奔跑，欢喜和忧伤，这一切都没有名字，这段没有名字的岁月是我生命的故乡。

后来我们随父亲去了大一点的地方，有了一些知道更多名字的人。我开始为一些名字奋斗了很多年，一些场所、证书，还有职位。那些如此艰苦卓绝的岁月黯淡且毫无生趣。那些名字就像一些残败的墓碑，冰冷和荒凉。

这样的日子或许会一直进行下去，然后，可怕的事情出现了，在这些名字的尽头，我看见了一座刻着死亡的墓碑。没有名字的岁月没有死亡。

这是一个被名字掩埋的时代。人的名字，事情的名字。生命里除了名字什么也没有。没有灵魂的岁月里，人们每天都能看见死亡。

这是一个名字的漩涡，它飞速地旋转着，没有出口。除非我有足够的力量，才能挣脱它。

儿子就生活在这个漩涡里。他近二十年的人生里，最重要的名字是：高考。在它的统领下，很多事情的名字填塞了儿子的生活。它们像一个个积木负责搭建一个人生命的山峰。这是一座终会坍塌和分崩的积木，这样的山峰长不出葱茏。没人敢做没有名字的事。儿子在外面跑了一天，他的一天没有名字。

儿子要从幼儿园开始，每天被一些有名字的事情指挥着。没有独立个性的人，是没有灵魂的人，没有灵魂的人是没有真正生命的。

一直不知道儿时怂恿我探索自然与世界的力量是什么，但是现在知道让我拉着儿子挣脱那漩涡的力量是什么，就如同当年母亲让我回家吃饭的那声呼唤，它叫作爱。

到了这个年龄，才知道儿时那段岁月的意义，它永远能拯救我于疲惫和对生活的厌倦，它永远是我精神的故乡。因为有了这段岁月的映衬，才看出当下被名字堆满的生活的荒诞与可笑。最重要的，它是我的老师，我知道了儿子的童年应该是怎样的。

带领儿子奋战的岁月，或许有一个名字，叫母亲。但没有这些奋战，把自己的孩子交付名字的时代的，她们也叫母亲。这样一来，我这段奋战的岁月就又没有名字了。

领儿子读书，这些书都是有名字的，读书被儿子的老师叫停，读书在这个时代里就成了没有名字的行为了。儿子在山野间跑，儿子的老师说你没来学英语和数学，玩耍在这个时代成了没有名字的行为了。儿子在读书和玩耍当中有了不少的发现，他要思考为什么，他要把这些思索写成文字，可这些思索和写作换不来分数，于是思索和写作成了没有名字的行为。

领着儿子的岁月里，我重温了自己的童年和少年，知道了那些这些永远不知疲惫的岁月后面的力量，叫作渴望，这是上帝赐予每个人的礼物。

这个被名字掩埋的时代，同时掩埋了爱与渴望。

儿子被渴望引领的岁月，唤醒了我的母爱，让我拥有勇气和力量。而这勇气和力量让我内心似乎已经消失的渴望再次苏醒，让我的生命里多了一些没有名字的道路和没有名字的事物。

我开始了思考和探索，又开始了没有名字的岁月。

不走大家蜂拥其上的道路，我的想象创造了自己的道路。它在梦里伸向远方。

我会在傍晚独自走一段没有名字的路，对着一棵没有名字的树，想一些没有名字的事情。

所有有了名字的东西都属于那个赋予它名字的人，不是我的。我在没有名字的路上，走我的人生之路；我想着没有名字的事情，长个我自己。

不管什么，一旦有了名字，就只剩下了名字。所以不管做什么事情，千万不能抱着将来给它一个名字的目的，那么这件事情从一开始就只是个名字了。

没有名字的道路是发现之旅，没有名字的思索是发现之旅上的脚步。它们是世界的外延，也是世界的内核。

追求名字是一回事，追求事物本身是一回事，它们很难恰好是一个方向。若勉强把它们撮和在一起，失去的是境界，只失去这一样，那件事情的追寻之旅就不再伸往巅峰。比璀璨只差那么一点儿，就是黯淡了。

有价值的发现会在某个时候有个名字。但这个名字出现的时刻却不是一定在发现它的那个人的人生岁月里。

把人生岁月里那些没有名字的段落和瞬间串联在一起，

构成的就是我。名字似乎是行为的终极渴望。可是人们在名字堆砌的现实中，已经失去了创造名字的冲动和能力。

（赵煜馨 2016 年 10 月 18 日）

追星的少年

曾经那时年少，每颗孤独过的心都有过追星的梦，殊不知它就藏在我们心里。

追忆我们与自己为伴

城市的灯光那么炫目，寂静的夜晚不再黑暗。于是星星带着落寞，逃往云之彼端。

高大的建筑围绕屹立在眼前，构成一座座人们争抢着想要进入的监牢。而许多人为了在这座监牢里拥有一个至少相貌精致的镣铐，就燃尽了自己全部的青春，来亲手打造它。细想着，这些不也正是最简单普遍的追求么？最悲歌不过，岁月带走了自由又带来空虚。

学校的门，在每个倦怠的清晨打开，又在每个疲惫的夜晚关闭。进进出出的，尽是一些未老先衰的灵魂。他当然知道自己正值年少，可是他不清楚轻狂是否还属于自己。

似乎每天都是同样的生活，周而复始，循规蹈矩，时间就用这样整齐有序的方式，吞噬者我们的生命。少年躺在床上，目光自墙壁向窗外寻找，漆黑的夜色打底，光洁的玻璃上反射着自己的影像。他不喜欢阳光，阳光总是以一种灿烂的姿态照耀着，直面它是那么刺目，仿佛那就代表了世界上全部的光明和骄傲。可是顺着它的方向，突然就发觉，阳光会把人们最真实，最丑陋的轮廓投放在地上。

他还清楚地记得自己小时候的样子。也是这样躺在床上，目光自墙壁向窗外寻找。那个时候他还可以看见星星，最亮的那一颗。少年与星星隔着遥远的银河相互倾诉，整个世界都不理他，也不理那颗星辰，只有他们两个，可以依偎在一起，彼此用年轻的光芒照耀对方。可是后来，少年心里隐隐作痛，因为他觉得，星星也离开了，因为它也承受不了这种喧嚣和孤独。每一寸繁华，在他们的眼中，都是一座精神的废墟。可是少年心想，你是可以飞的啊，而我只能这样继续待在废墟里看着人们醉生梦死。有一些醉生梦死是放弃一切后放弃了自我，另一种醉生梦死则更加虚伪可怕，它用燃烧生命来掩饰随波逐流。

渐渐地，少年对星星的渴望幻化为一种孤独，再也没有什么存在会用星星那样的眼神注视他了。除了星星之外，其他的所有人和事物，都满含索求，榨取，嘲讽，挖苦，鄙夷和放弃。

终于少年再也无法承受这样的孤独了，于是他从家里出走。当家人发现他不见了，同时也在书桌上发现了一张纸，上面写着：我去追星了。可能少年觉得，如果星星还没有跑远的话，自己应该是可以追到的吧。

<h2 style="text-align:center">（一）</h2>

铁灰色的天空里，黑色的乌云好像纹饰，把一切都渲染得阴霾，冰凉的雨水淅淅沥沥地击打在少年的身上。他正站在这个城市最高建筑的顶端，这个庞然大物已经刺破了云霄，所以少年渴望在它的最顶端看见星星。天就要黑下来了。可是大雨和黑云遮盖了整个天空，少年不知道黑暗什么时候撤退，所以他只好在这里等待。

风吹得很冷，少年蜷缩在一个角落里，可是雨水乘着风，降落在他身上。少年在不停地发抖，他的牙齿碰撞在一起，发出疼痛呻吟的声音。天彻底黑下来了，城市里所有的灯光都被点亮，在雨夜中发出朦朦胧胧的光彩。因为大雨，人们都躲藏在室内，下面的街道上偶尔响起车辆鸣笛的声音。他觉得这灯光比平日里模糊却也比平日里真实，因为这样的雨天里不再有纸醉金迷。少年从没有敢把头伸出楼顶的边缘向下看过，车辆，行人，还有其他建筑都会显得那么渺小，就好像把一切都踩踏在脚下。他承受不了这种高处不胜寒的孤独所带来的恐慌。

终于，雨停了。

乌云渐渐散去，天气明显晴朗起来。他开始搜寻起来，从东到西，从暗到明。可是少年没有看见星星，只有一片不那么阴沉潮湿的黑暗。他蹲了下来，雨水因为挤压从他被雨淋湿的衣服上面渗出来，向下滴落。少年蜷缩起来，把头藏在里面，用胳膊遮住眼睛，然后任凭泪水从眼眶中溢出，遮掩住视线。

他不敢再面对那种失望。

或许他和星星正在各自注视着同一片夜空，同样孤独地哭泣。

（二）

从外面看起来，这个球形的建筑已经很老旧了，表面粉刷过的墙壁墙皮掉落得七七八八，上面布满了裂纹。伴着"吱吖"的声响，锈迹斑斑的铁门被推开了，这扇门似乎已经有好长时间没有被打开过。黑暗的走廊里寂静而又冷清，少年蹑手蹑脚地走了进去，偶尔裤腿摩擦在一起的声音显得十分清晰。这里是已经废弃了好久的天文台，既然用肉眼寻找不见，那么借助人造仪器应该就可以了吧。于是少年来到这里，也许会有那么一架遗留的天文望远镜能够延长他的视野，刺破夜空，帮助他找到他想要找到的东西。

在脏乱潮湿的大厅里，少年跨过脚下的积水，仍然有泥水溅起沾染他的裤脚。本来头顶是有巨大的玻璃窗的，它把这里的人和现实的世界隔绝开来，将遥远的星空直接展现在人的眼中。后来随着时间的推移玻璃碎裂了，让这里变成了露天的场所。可能就是从这个时候，天文台才不再真正是天文台，人们和宇宙之间，多了一道无形的屏障。

少年的眼睛在目光可以触及的范围内搜寻着，当他看清角落里那个被灰尘覆盖的布满铁锈的天文望远镜时，眼睛里惊喜的光芒跳跃着。他靠近那台令他激动不已的仪器，手指在上面轻轻地触碰着，他生怕一用力就破坏了这个来之不易的希望。少年用衣袖在镜面上面摩擦，好让它提供的景色更加清晰，他把漆黑的瞳孔紧紧贴在上面，在更广远的世界里寻觅自己的朋友。

他的脸上露出惊讶的表情来，他第一次这样"近距离"地观察他们，清晰的光晕闪耀着，点缀这漫无边际的黑暗幕布，每一颗星星都有一个满目疮痍的皮肤。这些和他曾经见到的都不一样。少年转动着铁架，发出破旧金属相互摩擦的声音，有些刺耳。整个星空仿佛用一块块黑色画布拼接成的绵长图卷，上面布满了各种形状的深色的浅色的颜料，还带着梦幻的立体效果。

深夜里独自在这个被世人遗忘的角落里，越过全世界的尘埃，凝视着这片星空，想来也是很美好的瞬间吧？可是少年心里却渐渐升起了一种绝望的痛苦。因为这么多星星在他眼中交错着，勾连着，想要向他展示自己的静谧，却都不是他渴望看到的那个。它们美得太清晰了，反而失去了那样燃烧火焰般耀眼的纯粹的光芒。

少年再一次品尝了失望，甚至绝望。

其实最可怕的情绪，莫过于孤独绝望的麻木。

（三）

　　风划破整个空间，或高或矮的草枝手牵手慢舞着，大地刚刚卸下彩霞描上的浓妆，美得那么恬淡。这一刻，仿佛只有凝固了心跳，才能听清自然的呼吸停滞在每一刻所散发的美好。

　　少年抱着自己的膝盖，坐在旷野之中，他的头发飘扬起来，打碎了风，发出空气裂开的声音。已经离开家整整三天了，他也已经离开人类整整三天了。他离开仍旧残留着人类气息的地方，来到了野地里。少年想和这些听着便觉得美好的东西说说话，可是它们都不理他。于是他就这样坐在这里，目光穿过山脚下的繁华都市，默默眺望着远处的夜空，红的，黄的，白的，紫的，蓝的，绿的全是绚烂的。他这样眺望着，和自己有一句没一句地聊着。

　　暂时地，他忘记了孤独带来的冰彻刺骨的寒冷与疼痛，少年从来没有见到过这样的天空，和山脚下那些流光四溢的废墟相比，更像一座虚幻的城堡，当夜晚的梦境醒来，它便消失不再。

　　可是即便那么美好，也只能给予少年某个瞬间的抚慰而已，它们无论怎样绚烂，可终究不是他追逐的那颗。就好像你爱上了一个女孩，别的女孩相貌再怎么倾国倾城，又和你有什么关系。欣赏和爱不同，它不能把人从孤独里拉扯出来。

已经追寻了这么多天，对于少年来说已经算是长途跋涉，可是他始终找不到他，或许，他已经累了。当你满怀着希望寻找什么，它却悄悄地躲避你，那么你总有一刻会感觉疲惫的吧。

....

　　少年终于停止了寻找，开始转过僵硬的躯体，回家。

　　站在城市的最深处，他被林林总总的建筑和川流不息的车辆，人群封锁在城市的角落里。

　　残破的霞缀着傍晚的霓虹，撒下血雾湿街。少年蜷缩在城市的一隅，突然觉得自己与世隔绝。再也没有喧嚣一片，他凝望着眼前朦胧的一切，聆听泪水划伤，曾几何时还用忧郁装饰的脸颊。原来在白昼与黑夜间徘徊的城市，在这个浮华与寂寥间抉择的地方，仍能承载孤独酿成的甘甜。

　　这一瞬，少年的心如同自由的飞鸟，抖动起染血的翅膀，震颤着刺骨的疼痛，穿梭在冰与火的世界。他带着孤独和渴望，带着悲情和乐观，以飞翔的姿态，重生在自己的宇宙里。在那个无星无月，除了向日葵寸草不生的世界中，他可以任意翱翔，甚至君临世界，即便这个世界里只有他一个人。

　　这么多天他一直在寻找，寻找那颗曾经陪伴他高歌孤独的星星。终于他明白了，或许它不在城市上空的云层和阴霾里，不在天文望远镜中星空的图卷里，也不在旷野风吹起草叶吹向的那片绚烂里。一直以来，它就藏在少年的内心深处，凝固成了灵魂的羽翼。

孤独绝望，便只能同自己的精神交流；

追寻美好，便只能借自己的心魄洞视；

渴望飞翔，便只能令自己的灵魂生翼。

孤独的人，终究只能与自己相互依靠……

（邹思程 2016 年 7 月 21 日）

开启一段精神的旅程

生命的旅程是一次远足，而精神的旅程是在它上空的一场飞行。

——邹思程

　　自由唯有经历了长期的压抑和忧郁，才能爆裂，迸发，盛放出生命的如同星河星河般璀璨，火焰般炽热的光芒，它照耀着生命本身，投射下的活跃剪影也留世间以斑斓，那一刻泪水凝结成感动，撕裂着组成生命的片段。

——《生长的故事》

　　它是因为有了魂魄，才变得孤独，还是因为孤独才有了魂魄？

——《灵魂和它的躯壳》

精神的成长

　　那天在超市，买了很多东西，鱼啊肉啊菜呀水果呀，有些拿不动了。切鱼的小伙子说："阿姨，等会儿我送你到地铁口，怕你拿不动。给孩子买的吧？你们这个年纪自己怎么舍得买这么多好吃的吗？"他个子高，从上而下望着我的花白头发，笑着满满的友好。这一幕在以后的日子里偶尔闪现，我一个人笑笑，内心翻涌起丝丝温暖。

　　很多事情，要过很久，几天，几个月，甚至好多年，它才长大，长成熟，成为抚慰或伤害我们的东西。这些后知后觉让我们错过很多事、很多人。那些事情、那些人、那些画面，像一颗颗种子，在某些日子里发生了，待到后来的某一天，它们发芽成长成熟后，我们才知道它的价值或意义，但它这个时候只是我们一个人的了，当时的人和情境已不在。我们不知道哪个人，偶然出现在我们生命里的（甚至不经意的人，不经意的事），会在我们生命的影像里上演，也不知道自己会在别人的生命里成为他人生故事里的片段。最后品味这些的，是我们自己，看似与别人无涉，可又有多少自己在里面呢？

　　超市那个男孩看见已有白发的我，一定以为我经历了好长岁月，经历了很多事情。这一切在他那里是神秘和遥不可及的，可他不知道，这一切不像他想象的那么久远。当有一天他也到了我这个年纪，他会觉得这个过程在回首时就像门里门外那样一步即可跨越，转瞬之间只剩下镜子里那个陌生的自己。

　　人的精神长得很慢。为了肉体的存续、虚荣的满足，几十年很快就会挥霍掉。精神是什么呢？它帮你认识世界、认识人、认识自己、认识生命本身。这样艰难的事情，加之我们又忙别的事情，无暇顾及它，所以它在那里从一个婴儿，在岁月里，模模糊糊长成一个似有似无的东西，或许根本就没有生长，这是一件容易被忽略掉，但又不得不面对的事情。为什么一定会面对呢？比如，有一天你老了，你会惶恐，活着是怎么回事，生命到底是什么东西，死亡是什么东西？这都是精神领域的问题。你顺着一条道路，远方的城市村庄，天空云彩，你一定想知道这世界有多大，原本是什么样子，这是精神领域的问题。这是最初的所有的人都要面对的问题。沿着这最初的叩问，疑惑于人类来说，会变成浩渺无垠，深邃无测的海洋。和这个伟岸的精神相比，人类的肉体那么脆弱，很快就会衰老。

　　一件很小的事情，在别人那里很明了，我却再长上十年二十年才能懂得。人类那些深邃的疑惑，也是我们每个人的，把它们想明白，五十年不够，一万年够吗？我作为一个人，把与我最贴近的疑惑想明白，五十年不够，二百年好像也不够。卢梭的《社会契约论》作为一个字作提纲，他知道定是完不成的，于是拣了个他认为最重要、最必要，也许他认为最有把握完成的《爱弥儿》，而《忏悔录》又是一个人在短暂一生里多么无奈的作品，就像一个临死之人最后的挣扎，他的目的和作用是火焰熄灭前最后给人类留下的光明的种子。如果再给他二百年，他能把要写的写完，人类该有一个怎样的精神上的进步。

在卢梭结束的地方，有几个人能继续他的思想。智慧和境界比卢梭可以比肩恰又在生前达到了他的高度再往前走一步，这样的人多么难以出现啊！人类的精神有时还会现一个倒退，然后再缓慢前行，所以文明的脚步多么缓慢。

在人生之初，或许我们可以选择只为肉体或精神活着，或许无法进行纯粹绝对的选择，或许不必有这样的选择，我们的选择是天性决定的、命运决定的，我们自己无从选择。

如果一个人对物质世界没有那么炙热的渴望，没有被他的母亲赋予过多对虚荣的渴望的引导，如果他对生活更能安于宿命，对未来没有太多恐惧，对贫富没有那敏锐的体验，而他又拥有起码的思考的天赋和习惯，他迟早会在人生中的某个阶段，开始偏向精神多于肉体的生活。

一个人在很年轻的时候，就有机会显现出思想的天赋。如果出现了这种情况，在很多选择的当口，他自己的主意最重要，他的父母有怎样的把握更重要。怎么看一个人是否有这样的天赋？如果一个人对富含思想的书籍有不可抑制的热爱，阅读这样的书籍能抵挡其他事物的诱惑，且对生活中的人和事，对自己的人生，都有下意识的思考的冲动，那么他或许就具备了成为一个思想家的特质。可这个时候，这个年轻人，要面临很多东西，父母的虚荣心，自己对富贵荣华的渴望，父母对他未来生活能否安稳的担忧，同龄人出人头地的对比等等，何去何从，的确是一个挑战。

精神生活，玄妙而又虚妄的东西，很少有人为它做出选择。如果为它做出了选择，即使不缺少智慧，依旧需要巨大的勇气。

儿子有个同学，自称是一个孤独的思想者。儿子说，他的父母没有什么文化，家庭不富裕，他们把所有的选择权利都给了儿子，因为他们什么也不懂。他的老师就是阅读，一点点学会思想，然后又有了个性去选择。他不知道富裕生活的样子，所以他敢于选择吗？还有普鲁斯特和托尔斯泰是因为太过富裕而敢于选择的吗？那么凡·高呢？

对精神世界的追求，是要对肉体、对欲望、对富贵做出牺牲的。凡·高的价值不仅在于他的画、他的思想，更在于他关于精神与肉体在选择上做出的诠释。他给后来人选择上提供了可能，也吓跑了很多懦夫。

精神世界之宏大与深奥，使短促之人生显得如此无奈。小时候我望着八十多岁的祖母，想象着她的前世今生。可岁月在她心里没有那么苍老，也没有那么厚重。她嫁给长她二十六岁爷爷的一幕，于我是公元前的万史，于她一定如昨天那么鲜活，如早晨的阳光那么稚嫩，她一不小心就成了白发老妪。与六十年前那颗少女的心相比，她的情怀还没长大多少吧？谁又知道一个老翁蹒跚的身影里有一个少年的情怀在脚步间飘移着。他的精神始终没有长大，而且，有一天，他再老一点儿，他会变成一个婴儿，最后剩下一个老迈的肉身，再什么都没有了。

他曾经拥有过的哪些东西是属于肉体的，哪些属于精神的呢？是肉身拥有的更可靠吗？精神的追寻显得虚妄呢？他的儿子，他的女儿，他的房子，他的土地是他肉身该有的吗？可他怎么就老到儿子都记不得了呢？他怎么老得连家都找不到了呢？可他却会对着一朵花微笑，对着一朵云流连。在那微笑和流连里，是他作为人的那缕朦胧的精神之光吗？那么他的精神之光只是如此肤浅，只似有似无的这么一点儿？如若穷其一生，精神上的进益又会比这多上多少呢？又有几个能完成《爱弥儿》呢？又有几人能有普鲁斯特完成《追忆似水年华》的机缘和才智呢？

更多的人，他们一生的追寻，都没让他们的名字作为结果载于史册，结果也没能像《爱弥儿》和《追忆》那样成为一个标志性的名字。那么，追寻的意义又是什么呢？也许这种追问就和追问人生的意义一样显得虚妄。也许大多数人的才智和机缘甚至不能窥探精神世界闪亮的一瞥。

到了暮年，能温和安静地对待生活，对待人，算不算精神世界里追寻一番的结果呢？没挣太多钱，没能富贵一生，却在年老的时候，很踏实，没什么可悔恨，没什么可惶恐的，在那些疑惑和迷惘的海洋里的挣扎就不是枉然，这可以算是一个结果吗？可以算作有一点意义吗？

（赵煜馨 2018 年月 10 日）

生长的故事

（一）

白昼悄悄避开了我的注视离开，黑夜同时携着冰冷，困倦和寂寞席卷而来。

时间就像一台不停运转的机器，我们无法将它停下来。似乎，那机械规律的周期变化，正是为了终结我们美好而痛苦的青春。

曾经我满怀浓厚的激情和无限的憧憬走进这里的生活，结果它们慢慢被现实消化掉。我终日忙忙碌碌却没有在实现自己的意志。随着一杯杯苦涩的液体下肚，我连体验入口香醇的过程都没有，就继续让年月流去。

突然发现，为了理想幸福地拼搏，并不是繁忙，而是充实。其实繁忙，有时候就意味着堕落。

当所有忙乱都归结于平静之后，才觉得即便这样沉默无为，也比庸庸碌碌要好得多。至少，我不会在疲倦后因为空虚而恐慌。

现在我终于空闲下来，开始有机会反过来更多地审视我自己。生命由做各种事情的时间片段组成，当那些并非我们所渴望的事情占其中的绝大多数时，我们的生命就好像不再是自己的；而当占绝大多数的时间片段都是由追求自由和希望作为代表时，生命就仿佛时刻处于黎明破晓，每一次呼吸，吸入和吐出的，都是束束阳光。

我坐在椅子上，胳膊拄着书桌，渐渐硌疼了于是放下来，然后慢慢趴在上面，陷入昏睡。梦里有花，有树，有鲜艳，有苍翠。然后手机响起声音，胜利的音乐用一种震撼人心的嘈杂把我拉回这个冰雪未消，寒风刺骨，空气里弥漫着都市气息的世界。

一时间没有完全苏醒，我睡眼惺忪看向手机屏幕，那个熟悉的称呼作为最好的闹钟把我吵醒。接起电话，她的声音提醒我，做完了梦，现实的追求还要继续下去，读书和码字。

我的目光触碰到那些先哲的眼睛，那样明亮和深邃，他们的文字，帮助我在脑中勾勒他们的精神，也撼动我的魂魄。然后我的目光转向我所存在的这个宇宙，它的空间和时间，光明和黑暗，人类和自然，都是我思考的对象。最后我用尽量优雅，理性和简洁的语言，写下这种思考。

我有限的这些追求，让我拥有了无限的梦想。但我写，不是为了荣耀，而是为了平凡。我期望自己通过读和表达我自己和我所读的，平静下来，不去努力得到那些会让我在垂垂老矣时感到浪费了生命的东西。

　　窗外的灯光越来越少，这提醒我夜已经深了。回想我每次坐着码字，才发现都是在这样闲暇的晚上。因此，如果说我以后还有为数不多的现实因素要考虑，那就是宁可物质生活不那么富足，也千万不要让自己太忙碌。

　　关了灯眼前一片黑暗，此时我们只能用心去看我们想看的。这也是我喜欢黑暗胜过喜欢光明的原因，白日里光明把事物反射出了太多模样，尽是些伪装。

　　又是一天既美好又残忍地过去了。

　　时间就像一把炙热跳动的火焰，我们的生命就被它点燃。似乎，那猩红交织着不停翻腾，正是为了吞噬我们灿烂而灰暗的人生。

　　黑夜缓缓踩踏着我的睡梦过去，白昼同时携着温热，绚烂和另一种寂寞等我醒来。

（二）

　　天气转暖了，地面褪去白色的躯壳，露出本来的色泽。路上的行人脱下冬季的着装，身体中蕴藏的活力也随着春季的来临渐渐复苏。只有我的心里，有一股寒流更加凛冽地激荡着。我的肉眼穿过世俗汹涌的人群和城市，用内心想象着，勾勒着每一个花瓣娇艳盛放，每一片雪花凝结成霜。人的生命，就在心中描摹的四季轮回中渐渐消逝。伴着岁月缓缓流淌，越来越疲倦，也越来越孤单。衰老的不只是年轻的容颜，还有那颗不甘于放弃跳动的，燃烧的，炽热的心脏。年轻的面孔一次次被泪水模糊，那是希望的翅膀被折断，所带来的撕心裂肺的痛苦。每一个青春年少都曾经悸动，只是有些化为了绚烂的音符谱进生命的乐章，而另一些则随着岁月渐渐老去。青春不再，我们都生长成了不同的样子。不同的存在永远不可能始终在一起奔逃，穿梭于这个庞大的时代。我们的悲伤再不舍，也终究还是只能幻化为无奈，永远都不能让时间的齿轮停止转动。仅仅是在某个瞬间，人的一生就会发生翻天覆地的变化，我，还有我身边的一切，都会展现出新的模样，仿佛在替我，向那些不愿意轻易放弃的过去告别。时间就用这样平淡而又残酷的方式，让每一个生命得以平行前进。我们的年轻伴着时代的麻木，带着丝丝阵痛，不断缩短。有很多时候年轻人还没有足够的历练和智慧，却已经卷裹了太多的事故和功利。或许我们会把这当成成熟，殊不知，我们只是在以一种更加病态迅速的方式失去往昔那些最珍贵的东西。当我们更多的不再是相信，而是不相信，我们就有了更多的孤独，更多的迷惑，我们甚至会开始学会唾弃和鄙夷自己。或许我们会把这当成自省，殊不知，不再相信童话的我们已经陷入了冷漠的浓稠的黑暗里去。逝去了的青春，在我们的身上刻下深深的印痕作为它曾经存在的代价。紧接着，孤独和沧桑就接踵而来，填补岁月在我们身上留下的每一道痕迹。就好像细胞的新陈代谢无时无刻不在进行着，一个人把全身的细胞换掉需要七年。也就是说，每天祈盼着永远的我们，七年后，就是另外一个人了。那个时候，我们不再是自己，青春也不再会年轻。为了抗拒这种逝去，我开始和一切抗争。于是它们猛烈地撕扯着我，我挣扎着，渐渐疲倦了，只能选择逃离。逃离了这个世界，便不由自主地感受到那庞大而汹涌的孤独。我一直都知道，注定有一刻，我要迎着寒风刺骨行走在黑暗里，一种孤星都远离我的无边无际的孤独席卷而来，我的灵魂就在这浩渺广袤的寂寞里暗自生长。而现在，这一刻以我无法想象的速度，伴着生命时钟敲响的声音迅猛而至。许多人不能忍受这样的孤寂，于是他们汇集在一起，追名逐利或是醉生梦死，形成了一股时代的疯狂洪流，把更多的青春席卷进去。我忍受着孤独带来的深刻痛楚，却仍旧不能随着这股洪流做着事实上是倒退的前行。内心残存的一丝关于生命和自由的信仰，让我不甘于向那些东西妥协。我曾经想和时代达成一种交易，我把肉体全部都出卖给它，它把灵魂完整地归还给我。可是我现在终于主动终止了这场交易，因为时代夺走我肉身的同时，也不断侵蚀我的魂魄，让它满是只有我能看见的疮痍。我走在街上，迎面而来是摩肩接踵，我看见的却只有我一人。或许只有我在和自己战斗着，或是从他们的眼中我看不到战斗的烈火，所以眼前的街道显得那么空旷，只有我站在中央，耳边只剩下微风摩擦我鬓角的声响。孤独应该是一种很自我的情绪，诞生于自己，又要终结于自己。我孤自一人，挺立在喧嚣的旷野，那些轰鸣着，碎裂的声响，把我的耳膜震颤出鲜血。渐渐地，我什么都听不到了，蜷缩起来，双眼洞悉着有限的视野。我伸出手贴在地表，感受着世界的运转。手掌被什么东西刺破了，血液流淌下来，渗入到我以外的空间里，提醒着世界，也提醒着自己，我还存在着。

（三）

伴随着闷热而又潮湿的夏季结束，我的那颗躁动不安的心脏也平稳下来。总是在思考着，自己人生的跌宕起伏，渐渐地我捉摸到了一丝规律。

我的生活，似乎总是在平静和孤独中暗暗积累着，然后又在忙碌和烦躁中猛烈地爆发。两种互相极端对立的状态不断切换着，生命的旋律就好像被魔鬼演奏着，忽高忽低，时快时慢。我的灵魂在这两种存在方式转变的每一个拐点中陷入昏沉的迷茫当中去，静谧时，它哭泣寂寞；喧嚣时，它恐惧波澜。

后来我开始明白，这种复杂的变化是自然的，它似乎是逆行背道，实则是曲高和寡。自由唯有经历了长期的压抑和忧郁，才能爆裂，迸发，盛放出生命的如同星河星河般璀璨，火焰般炽热的光芒，它照耀着生命本身，投射下的活跃剪影也留世间以斑斓，那一刻泪水凝结成感动，撕裂着组成生命的片段。

过去的半年里，先后写了一本小说，拍了一部电影，尝试了我过去不曾尝试的，付出了我过去不曾付出的，同时也拥有了我过去不曾拥有的。

在整个过程里，尽管我茫然，彷徨，失措，可从来不曾停止前行的步伐。因为在那浓浓的疲惫中，我的心没有因慵懒而麻木，而是那样逆反的踏实与轻松。然后心安理得地享受着生命的江河奔流裹卷而来的收获喜悦。

突然发觉又快到狩猎的时候了，一身伪装衣，拿着 T1 迷彩复合弓，一壶碳箭，一把 HARSEY MODEl II 猎刀，进入林地雪原，我就像一匹野狼，呼号着，奔跑着，释放着自己，也歌颂着生命。那一刻，我的精神就如箭一样明确着生活的方向，似刀一样斩断那负面的心绪。

疲累着，我却仍然喜悦；闲暇着，我却仍然丰富。一个完整的具有生命力的人，如果感觉到有什么类似于枷锁一样的东西束缚着你，让你的自由和野性得不到充分的释放，那就说明，你正在一条不属于你的道路上行进。

然而，没有人能够准确地，完整地行走在自己的旅程上，时而脱离轨道，时而又转入正轨。离开我们自己时，生命走向破碎；回归我们自己时，生命逐渐完整。人的生命，注定要在破碎和完整中交替轮回。无人会免于此，可是当你发现自己破碎了的时候，回头转向的速度越快，丢失的部分就越少。

想到这里，我不再挣扎，开始淡然面对人生的种种变化，在顺其自然中主动求索。

希望我在生命结束的时刻，能够对自己说，我的每一天，都是那样精彩。

（邹思程 2016 年 3 月 15 日）

灵魂和它的躯壳

（一）

单调的人工木制栈道没完没了地向大山深处伸延开去。我们一行三人沿路偶尔捡拾起山林、溪流、野花等一些清新美丽的碎片，剩下的便是拖的疲惫的双脚，把自己的身体向前方和远方领进。

有一棵枯树躺在那里，岁月和风雨已经带走了它身体里抵御世界丝丝缕缕的坚挺，变成如棉如麻柔软的温床。我听任她们前行，这棵已不再是树，已变成山林里一席被褥的家伙留住了我。

它一定长了很多年，一千年吗？要不怎么我躺在上面竟不显窄小。

躺在这里，我成了一棵树，是这颗枯树的孩子，如此惬意温暖。

就在那边的斜坡上，一棵挺拔粗壮直冲云霄的大树，一下子逮住了我。那一片宽阔的山坡，只有它自己。远处东一簇西一片的林木。它，只是一个，站在那里，傲视群雄。它是因为孤独才长成大树，还是因为长成了大树才变得孤独。孤独于一片空寥天地里，便具备了一种魅力，一种魔力，我情不自禁地起身走向它。

抚摸它的枝干，粗糙坚硬的树皮而已，你感受不到它；仰望它，风吹过，只见树叶婆娑作响，你更不懂得它。只能远远地，甚至不用望向它，只最初的一瞥便留在了心里。

它是有魂魄的，否则怎会与我惺惺相惜。它是因为有了魂魄，才变得孤独，还是因为孤独才有了魂魄？

如果它在东边那一簇里面，彼此叽叽喳喳，他的魂魄会喧嚣不宁；如果它是西边那一片里，彼此耳鬓厮磨，他的魂魄就没了长大的意志；如果去了远方，他的魂魄会消逝在风里、云里。

在那一片空寥的山坡上，独自一个，守住自己，长成自己。它的形体就是它的魂魄，足够高大足够粗壮，就可以够得着蓝天，够得着云彩。我不行，我不是一棵树，我是一个人。我跟一簇簇、一片片的人都是一个样子，我的灵魂破碎了，或者压根儿就没长成个像模像样的魂魄，别人看不出。所以大家都奋力长成个躯壳，还给这个躯壳穿上各式各样的衣服，最后这种成长似乎成了初衷。这些躯壳像一个个空洞的铁桶，碰在一起发出叮当的噪音。

可这个躯壳无论如何成不了一个真正的生命。当生命之光即将熄灭，原本的那颗心会突然醒过来，面对这颗空荡荡的灵魂，好像从来没活过一回。不管怎样的不甘，已无机会再来过一回。生命尽头短暂时光里的怅然若失是生命里程里最残忍的惩罚。

我的灵魂是一阵风，在那一簇簇、一片片人群呼出的气流里失去自己的味道；我的灵魂是一片云彩，在一会儿东一会儿西的风里，被抓扯得七零八落，面目全非；我的灵魂是一泓溪流，被不由分说地石莽峭壁撕碎，或由高处飞奔而下，粉身碎骨；我的灵魂是一团晶莹剔透无色无味的橡皮泥，背景红便红，背景绿便绿，入夜灯火阑珊，它容易纸醉金迷；晴空碧日，它容易浮光掠影。

我的灵魂似有似无，似乎也可有可无。若我的生命不仅是一个躯壳，它就不能可有可无。我的灵魂不仅脆弱，而且荒诞。它需要一个栖息之地，就像那片山坡对于那棵大树。

这个灵魂如一缕似浓似淡的雾霭，即使在你只是一个躯壳时，也笼罩着你。即使你风光无限，志得意满的时候，即使在你灯红酒绿里惬意神迷的时候，忽而一丝无缘无故的落寞，飘忽却尖锐，难以释怀。

一个没有魂魄的人就像一个找不到家的孩子，无论在哪里，无论在做什么，都心无宁日，总觉得丢了自己。找不到自己，就是丢了自己。

我的躯壳里住着灵魂的时候，我就可以踏实地活着了。我要在生命里空出一段岁月，用来寻找我的灵魂。在这段岁月里，孤单的我无论做什么，都能坦然笑对匆匆流逝的岁月，那样的话，便找到了灵魂。

那个帮助我寻找灵魂的老师竟是一棵山坡上孤单的老树。闭上眼睛，安卧这棵枯树的怀里，才知道山林不光是用来看的，也不光是用身体穿越的，是用心去倾听，去触摸的。在半路上停下来，有点半途而废的错觉，于我却恰到好处。

（二）

我似乎不能慢条斯理地做完任何一件事情。快速地刷牙、洗脸，即使在一个无所事事的星期天的早上。洗衣服、做饭、收拾碗筷，都恨不能马上结束，即使接下去是百无聊赖的漫长傍晚。一个月的账目恨不能一天做完，一天能完成的报表恨不能一个小时完成，即使空闲时只能望着窗外那些丑陋重复的楼房。在一个职位上干几年，就千方百计谋求换到另一个职位。为了级别或钱吗？稍微用点儿理智，问一问自己的心就知道，这些都是借口，原因到底是什么呢？必须换个职位，就像在床上躺久了换个姿势而已，并没有本质上的差别，明明知道到了另一个位置上，除了表面上和枝节上的新鲜，过不了多久也会难以忍受。人生中所有的事情似乎都是一些让人讨厌的事情，它们不应该来到我们的生命里。

我突然感到生命的身不由己。那些似乎让我们厌烦，让我们感觉不应该是生命模样的事物来到所有人的生命里。生命被它们指挥，被它们耗尽，但它们只给人们一个生命的幻影，一个生命的轮廓。街道上、田野里，甚至天空中，到处是失魂落魄的木偶，阳光里映衬在世间漫无边际的幕布上，一些游荡的影子而已。那么多同类做着同一件事情，却各自品尝属于自己的那份无聊、恐惧、孤独，谁也帮不了谁，谁也不能卸去自己的那一份给别人。即使是你的母亲，或者你的儿子，给予你生命的人，和你曾给予他生命的人，也帮不了你。

手里有一沓钞票，我就成了那叠钞票。我在商场里试穿这件那件的衣服，我就是这件或那件衣服，如果我在里面逛了一天，我就成了那座商场，那条街道。我吃一道菜，我成了那道菜。仰望天空，成了那片蓝天，成了那一片片一垛垛的云彩。因为那个时候，我就像那叠钞票一样势利，就像那件衣服一样虚荣，就像那个商场、那条街道一样纷扰，就像那道菜一样现实，就像那片天空，那一片片、一垛垛的云彩一样肤浅，虽然它们都无可指责，无可厚非，甚至还有些许的纯净与甜美。

我甚至不能照镜子，里边那个家伙让我很陌生，它美丽也好，丑陋也好，年轻抑或衰老，似乎都跟我没什么关系。不在熟识的人群里，它毫无意义，即使在熟识的人那里，那些感受也是他们的，不是我的。他们的褒奖或是不屑或是折损也都是他们的不是我的。

尤其和别人在一起的时候，我成了他们不停地讲着的话语。几个人各说各的，谁也不知道别人讲的是什么。这些话大家都在讲，但每个人都言不由衷。说得时间越长，越不知道自己和别人都在说些什么。我怕和别人聊天，怕和一群人聊天，那时候的我，是一些忽高忽低忽远忽近的噪音。

我做事情，马上就成了那些事情本身。那是一些会来到所有人生命中的事情。为了这个肉身的存续，为了这个短暂生命能够在下一代人的身上延续，我要做这些会丢失我的大大小小没完没了的事情。

我为儿子无条件地花上二十年的时间，每天伴着他，我便是他的样子。陪伴母亲说那些反反复复可说可不说的话，只是为了打发她老迈的日子，那个时候，只感觉我是那个老迈的母亲。我们只能看到别人，看不到自己，看见什么，自己就成了什么。我们是彼此的影子，永远也不知道自己是谁。

如果有些事情不是一定得做，那一定不去做；如果一个人不是必须去陪伴，那就一个人待着；如果一个地方不是非去不可，那么就待在家里。

人生如果有这么一段岁月，做完了那些不得不做的事，去完了不得不去的地方、陪伴了不得不陪伴的人，这段岁月就应该是自己的了。这是一段别人对你没什么要求的时光。如果有这样的日子，一个人什么也不做，谁也不见，哪儿也不去。似乎只剩下了虚无。只是虚无，也是我一个人的，也就觉得踏实，好像终于不会把自己丢掉一样。

在过去的几十年里，我被那些风、那些人、那些事、那些人永远也说不完的话，那些对我永无止境的要求，撕成了碎片。在这段虚无里，我捡拾起这些碎片，一点点地粘连起来，或许能找回一个破碎过的，却还可以有模有样的自己。也许生命固定要打碎了，再粘连起来。这是生命的定式吗？

（三）

当我的儿子长成了小伙子，曾经的很多人，那些逝去的人，在我心里不再沧桑，因为我正在活向他们的年岁，或者已经活过了他人的年岁。他们尘封在那里，不再变得更老，而我正在变得越来越老。他们像我的兄弟姐妹，也有像我的孩子。

凡·高的苦难曾让我胆怯，年轻的我不能想象生命可以承受那样的苦难。如今，三十七岁的凡·高，却让我像一个母亲心疼自己的孩子。想起他来，最先想到的是他那左耳处的疼痛，还有手枪抵住太阳穴的瞬间凡·高内心的绝望、凄楚和挣扎。

只有三十七岁，可是苦难却把他折磨得不成样子。那个残破的躯体足以让已经成为母亲的人心疼到战栗。如果他得到多一点儿的温情，如果他得到多一点儿的财富，如果他多一点儿放纵给自己，他的苦难都会少一点儿。如果这些少一点儿的疼痛，都要他多一点儿的虚荣、多一点儿的伪善、多一点儿的贪婪作为代价，他愿意吗？今生和来世他都想得透彻，一切都是他主动的选择。

我那么在乎的人，还有那么多熟悉的人，一个个从我的生命里消失了。只这一件事足以让人每天独处时品尝伤感的滋味。我只看到了他们人生的后半截，然后想象他们生命的前半截。一个个生命的故事，一幅幅生命的画卷展现出来。它们走了，他的魂魄都留下来，供人追忆，他们或者残破，或者空瘪，或者完美，在天宇间飘荡着，让我们这些活着的人重新审视自己的抉择。他们的人生让我们一个连自己都无视的，却蒙骗我几十年的幻梦破灭了。人生实在短暂，实在没有太多的可能，因此也实在惨淡。原本以为这个人生是无尽头的，可以肆意挥霍，于是我让那么多的人和事来到我的人生里。它们占满了我的人生，让我的人生里堆满垃圾，因为这些人和事都不是我想要的。那形形色色的魂魄也大多不安和不甘吧，因为他们的人生里曾经也被那些他们不情愿的人和事填塞满了，于是长成一个个残破不全的魂魄。

突然间，我发现了自己的狭隘。凡·高苦难的人生里，残破的躯体里，长成的是一个完美的灵魂，而且这是他知道的。他问自己：迎合达官贵人还是画真正的东西？他回答自己：人生是播种的季节，收获不在这里。那些画布后面是理智冷静的头脑，真诚无瑕的心和殉道的圣贤的灵魂。

那些会来到大多数人生里的事没有走进凡·高的人生，他拒绝了它们。这些事情，是些什么呢？很小一部分是为了肉体的存续，这些事情耗费不了我们太多的时间，更多的是人类劣根性的需要，虚荣、贪婪的需要。这些事情一定会让我们魂魄不安，渐渐迷失其中，变得麻痹，最后会把那个魂魄扔掉，这样就可以毫无顾忌地放任自己了。

有些人的生命是混杂的，他们那颗强健的灵魂始终不死，于是在他们的人生里会腾出一段岁月装载和成就他们的灵魂。即便被认为是纯粹的岁月里的创造，他们也希望在人生终点之前得到收获。如果生命有四季，又有谁不想收获呢？你看那些响亮名字的生命历程，似乎只有在活着时就被认可的人生才是完美的。如果足够理智，也就近乎残忍。那些功名无一不要付出代价，他们的作品也不够纯粹（虽然它们名垂青史），因为创造这些作品的人不够纯粹。只有纯粹的才是完美的。凡·高是完美的，因此他的作品是完美的。从他的作品里你能看到对生命本身最客观、最理性、最完美的展示。

任何的妥协、任何的虚荣，哪怕一点点都会留下痕迹，都要付出代价。凡·高的整个生命都被腾出来，装载他的灵魂，他把自己从凡世放逐了。

残存的躯体包裹着毫无瑕疵的灵魂，如此创造出来的作品在本质上就是完美的，无论后世如何对待他的一切，都不能玷污他的圣洁。

任何人都无须为他的苦难唏嘘。相形见绌让我们没有资格心疼他。懦弱和龌龊充斥着我们的灵魂。除了膜拜凡·高的真诚和无畏，我们有勇气放逐自己于凡世吗？

在多大程度上流放了自己于虚荣和贪婪，就在多大程度上塑造着灵魂的完美。

（赵煜馨 2015 年 11 月 25 日）

生活是需要意志的

生命本身就需要依赖坚定的意志以获得幸福与完满。

——邹思程

看到了生存的真面目时，我成了一个战士。

——《长成狮子》

这个孩子缺少的是什么呢？是生命存续必需的基本意志。

——《意志》

"生活就是理想，理想就是世界。"

——《他是如此璀璨的人物：谭高升》

长成狮子

看到了生存的真面目时，我成了一个战士。

父亲到另一个小镇中学工作，我和父亲一起去了那里。母亲和弟弟妹妹暂时过不来。父亲有一群新学生要面对，还有一群新同事要熟悉，最重要的，全家五口人的生存压在他的肩上。我不得不担起一部分家务。

如果一个人不曾操心一日三餐，他对生活的理解就失去了根基。

当我和父亲的半袋口粮和小半瓶豆油出现在破败黑暗的灶台一角时，我有些茫然。父亲的钱很少，不知多久之后才能再有些豆油。我握着油瓶，小心地往锅里倒了一点点，少得像是一个油的概念，一个烧菜的环节，一个心里的抚慰。过了好些天，那瓶油还剩下许多，父亲也没说什么。

这个时候，我对生命对世界的认知达到了一头狮子的水平。我的同伴，她们没有认知，稍好一些的家境让她们这一天的到来迟了很多年。大家一样上学，为了中考、高考做同样的事情。但我们不一样，他们是别人怎样他便怎样，父母让他们怎样他们便怎样。我呢？要为自己生命的存续去战斗，要为了更多的米面油战斗。

我不知道作为人，有更重要的事情要来到我的生命里，也不知道米面油应该是更重要事情的附属品。此时，我不比狮子高明，但比很多人高明。

很多人的觉醒是在别人瞳孔里看到自己的那一刻。虚荣是人天性中的一部分，别人瞳孔发动了这股力量，成为很多人终生的动力。这些人比那些一生只随着潮流奔走的人稍好一些，因为他似乎有一些自己的意愿在里面，但这样的力量怂恿下的人生是可耻的。他看不到自己，只在别人的眼睛里看到一个虚幻的影子。

在人生的早年，若没能为生存本身战斗过，没能为每天的生活劳作过，甚至他的生活生存一直占用他人的劳动，不管贫穷或富有，他都是被娇宠坏的人。他要么一生为虚荣活着，要么花大力气与虚荣斗争。

为了生存和生活挣扎苦斗过的人，天性中虚荣的力量便被抑制了，终其一生，就像打了疫防针，即使衣食无忧了，他也会下意识地识别和躲避虚荣的诱惑，更有可能找到更有意义更贴近他自己的生活内容，前提是除了生存的技能，还有对更高境界事物的思考，就像养尊处优的孩子需要更复杂的教育一样。

生命只要存续下去，就需要力量，而哪一种力量都不会适可而止，即使它应该谢幕了，依旧欲罢不能。穷困无论如何不是一个好东西，它给予你战斗的力量，同时也在你的心里留下对未来对生存本身惶恐的阴影，然后让你为之付出超过贫困本身应该消耗的战斗。

动物从来不为越冬和明天储备过多的食物，因为它只为眼下活着。上帝赋予你什么都附带着巨大的代价。人比动物聪明得多，同时也贪婪的多，又因为思考认识了时间，从而多了一份对未来的恐惧。

生活终于舒缓了脚步，人生似乎也可以波澜不惊地过下去了，不会有什么大的闪失。战斗的过程不仅创造财富，另一个战利品就是智慧，对自己，对别人，对生命，对世界，都因为这些战斗和战斗跨越的时光，多了一份更清晰更透彻的认识。

生命中最重要的事情出现了，看不清它，也描摹不出轮廓，似雾里看花，但不能无视它的存在了。

父亲走了，还有那么多熟识的人走了，都显得猝不及防，锐利的痛苦之后，生命整体的模样让我如此悲伤。那个不能忽视的存在更清晰了。

这个时候，为生存本身的战斗似乎还要持续一段时间，才能消除我对未来的恐惧，那是人生早年为摆脱穷困而战斗的延续。

人生之短暂，人生的身不由己，我仍然没有理性的认知，不知道接下来的人生依旧不是能够随心所欲的阶段，岂止不能随心所欲。

我不仅衣食无忧，而有了足以应付未来的高超的技艺，经过了这些战斗，另一个人，强势地宣告他的存在，毋庸置疑，他要占据我生命中最有力量的岁月，我没有选择。他就是我的儿子。

一个女人百炼成钢，为了成为一个母亲，如果有人叫你一声妈，你的身上有了一座五行山，经九九八十一难，护着儿子，就像悟空护着唐僧，为了奔向西天求得真经。

一个战士，经历了一场场战斗，以为迎来了和平，却不料只是另一个更漫长的苦难历程的开始。看似平淡寻常的日子里，以我以前三十几年的历练，看出腥风血雨的不可避免。时代的、人类天性中的最丑恶、最龌龊的怪胎在学校里最淋漓尽致，最一览无余地表演着。我站在凄风苦雨里，为了儿子抵挡不知什么方向飞奔而来的箭羽。没有一身好武艺，一个回合便会倒下，就会露出背后那手无缚鸡之力，睁着稚嫩双眼的儿子，生命之花蕾等不到花期就会枯萎。

近二十年里，我是一个与魔鬼打交道的人，领着儿子经过了地狱之炼。

在战斗的日子里，一招一式顾不得优雅，只求不仅躲开陷阱，还能前行。在那些看似灰头土脸，低头躬身尽显狼狈的日子，我更像一个农夫。那些劳作和战斗，就像一片堆满粪肥的土地，在夏季的湿热的空气里，散发着腐败的臭气。不在这样的土壤之上，开不出美丽的花朵，也不会五谷芳香。

和儿子一起战斗的日子，也许是离自我最近的。作为母亲的战斗岁月，不必有名字，它的价值在于它是人生中最无悔最踏实的岁月，它决定了另一个生命过程的模样和价值。

　　我的人生从未被虚荣诱拐和左右过，我可以在秋天的云淡风轻里安享岁月吗？

（赵煜馨 2016 年 8 月 27 日）

意　志

　　她的身上总是背着拾来的垃圾，帽子和衣裤四季都是深色。从未听她说过话，可她的身影却让我感受到活着的意志和生命力量。八十岁了，每天四点钟起床，从不改变，她是一个没有被懒惰打败的人。她穿过人流，走街串巷，在丢弃的物件里寻找她认为有价值的东西，她没被人潮掠走。她有时坐在院子隐蔽的角落里，安安静静的，她在望着几十米外的街道和车流吗？她熟悉它们，每天都穿越它们，她怎么看待它们呢？她穿越于它们，如同穿越于时代，她知道从中应该找到的东西是什么，不会迷失，每天都背着脏破的包裹回到院子里，她没有被时代掠走。

　　她没有过上稍微富裕一点的日子，活下去的本能让她不能有一天的懈怠。习惯的力量统摄了她整个的人，劳作成了她的本能。她的儿子就没完完全全交付于劳作，间隙里的懒惰滋生很多坏东西，所以他还没年迈的母亲健硕，已经连走路都不利落了。看他的肤色，就知道他喝了过多的酒，吃了过多的肉，放纵和贪吃都是懒惰的衍生物。

多少人蜷缩在床上，沉浸在网络的温柔乡里，百无聊赖。却没有哪怕一点微薄的意志，从床上起来让屋子和自己整洁起来，让自己的生活秩序起来，陪陪孤独的母亲，关注自己的孩子，激起全身的活力，走进自然。缺少意志的人在所有的环节上都会被人性中软弱的部分奴役。再不起床会饿死，怎么办？活着的本能只能让这样的人爬起来，接下来他会服从于另一个环节里最不易被人察觉的诱惑。他连起码的理智都不会运用于这个环节上，他知道清淡健康的饮食是什么，可他在床上懒了半天，软弱的他立即就被美味的渴望俘获了。超市里色彩缤纷的饮品，酒馆里味道鲜美的菜肴，瞄准这些人微弱的意志和理性。他们不知道最好的东西就在那无色无味的水里和平常的吃食里，就像真理通常隐藏在平常的事物和生活里吗？他们知道，只是他们没有意志战胜天性中最无形却最具有力量的劣根性。

孩子考了高分，进了名校，这个家庭便被罩上了令人艳羡的完美外衣，但只有他的母亲知道，孩子每天凌晨才睡觉，中午才起床，不会起码的家务，不能照顾自己的生活，只喝饮料，只吃重口味的食品。

这个孩子缺少的是什么呢？是生命存续必需的基本意志。

院子里每日四时去拾荒的这个老人，用一生的时间习得了这个品质，看来一个人能规律地生活，健康地生活着的本领并不是那么容易拥有，更不是自然地就会拥有的。那个老人的父母没能给她安稳的富足的生活，给了她习得为生存永不停息劳作的机会。一个孩子穷尽全力上大学，目的大多为了摆脱这种人类底层的劳作，因此也失去了这种劳作给他带来的生存的基本意志形成的可能性。如卢梭所说，教育对于富裕子弟是必要的，穷困人家的孩子会自行完成教育过程。

孩子分数可以少打一点，均出一点时间劳动和玩耍；孩子可以长得慢一点矮一点，但让他习惯自然的饮食。

每天他都能用一个盒子，把懒散和贪食装起来，剩下大半清爽的时光，自由地行动。如果他为了存续必要的劳作没能占有他全部的时间，如果为了存续他还有剩余的钱财，这点微薄的意志对他能过上基本规律和健康的生活就是必要的。

我们终生要对付的，或许就是与生俱来的劣根性，要想成就什么，与它们的争斗是不能略过的。前面抵御懒散的基本意志之外，还要有更具力量的品质，去抵御更无形却更有力量的东西。

她从不穿新衣服。她坐在角落里，看花枝招展的女人一个个走出院子，她在想什么呢？她从不说话，不知道是别人不愿意跟这个老丑看上去脏乱（你仔细看会发现她的手和脸都很干净）的老人说话，还是她不屑或者习惯于不跟别人讲话。她经过那么多人，目不斜视，只做一件事。她从不盲从也不虚荣。她身上的那点简单的意志如此执着，近乎信仰了，所以非常有力量，不仅帮助她战胜懒惰，还战胜了由此衍出来的盲从和虚荣，进而的贪婪。

那些在她面前走过的穿着精致的女人，在另一个极端生活着。她们每天都在微信、微博上不停地说着废话，也听着、看着别人说的废话。她们不仅虚荣、无聊，而且盲从。潮流让她们怎样她们便怎么样，她们没有自我，也没有能力和意识帮助她们的孩子寻找自我。潮流是什么？是别有用心的人利用人的欲望制造的假象。这个世界的缤纷更是人的欲望被利用的产物，所以这些色彩毋宁说是纠扰和聒噪。虚荣和贪婪，就像贪吃一样，是懒惰的产物，盲从也是懒惰的产物。不约束自己的欲望是多么轻松和容易的事情，所以人的欲望是多么容易被利用。

　　这个世界是多么缺少意志，多么缺少能抑制欲望的意志，多么缺少能战胜怠惰的意志，多么缺少克服盲从和虚荣的意志，这种意志不是虽执着却肤浅的意志，它是更高级的，一种信仰般的，能抵御更复杂情势的东西。因为这个世界上的一部分人要完成更有价值的使命。

　　信仰的力量是怎样的呢？或许它不仅是他前行的力量，更重要的是让他有力量抑制自己不去做一些事情。他的眼睛不会整天浏览网页和游戏，还有那些烂剧，他要留着眼睛看更有价值的东西，他知道什么才配入他的眼帘。他不会吃得大腹便便，更不会贪口福吃不该吃的东西，他有更重要的事情等他去做，他的身体要留给那些事情，不是为了贪吃舒服的。他不会赖在床上到日午，他不会被惰性和放纵奴役。他的信仰是一个盒子，装起懒惰，装起虚伪，装起低级趣味，装起盲从，装起贪婪，装起一切容易使人被奴役和引诱的欲望，剩下的是一个清爽的、有力量的生命，掌控和主宰自己因此自由的生命。

（赵煜馨 2017 年 3 月 20 日）

他是如此璀璨的人物：谭高升

不知道为什么，今天特别想为我的朋友，兄弟，单独写一篇文章。

他叫谭高升，和我在某些方面是同类。

先从我们的相识说起吧，当我们还没有见面，刚刚加了QQ好友的时候，聊了整整一晚上。

那个时候突然发觉生活中原来是有和自己相似的人的，那一夜觉得自己找到了知己，激动得难以入眠。第二天高升和我说，他那天晚上也很激动，没睡着。

后来回想起来，不由得记起高升说过的一句话，他说："每个思想者都是一座孤城，发出震撼的声音，吸引着相同频率的城市。"

直到见了面，让我诧异的是他并没有我想象中的那样光芒万丈，只是一个看起来很普通的青年人。但渐渐地我发觉，他的内心丰富并且强大。后来我明白了，有些人的能量并不表现在外表，而是深藏在内心深处。

但他在和人相处上未免会太过直了一些，有一次我劝他："你这光有思想不行，还得长长情商。"结果他非常淡定（zhuang bi）的回答我说他不是没有情商，而是不屑于使用情商，或者说没精力使用情商。

当时我感受到了无比的震撼，一个人的内心该强大到什么程度，才会说出这样的话来。震撼之下，我心里还有担忧，于是在几乎要落泪的情况下，我非常坚定地告诉他，你是一把剑，我以后要做你的盾。

这句话无比中二，但我到现在都没有动摇过。

大一的时候高升要学刀画，但家里不认同，于是自己兼职凑钱进画室。他兼职的过程我未曾亲眼看见，但自他嘴里听到的发上万张传单和搬数千桶水，让我惊惧到他身上不可思议的韧性和能量。

后来高升假期里一路打工，一路旅行游览。高升在那之前和我说过，希望能在投身工作之前，先把各地都游历一遍。理由是，他每天都在思考，需要亲眼看看自己思考的对象都是什么样子。

开学再次见面的时候听高升讲述他游历的过程和诸多不易，他表示，这次实践他就是为了证明自己选择的生活方式的可行性。

忘记了从什么时候开始，高升每周都会画出几幅画来，我有时候在他的 QQ 空间里看见，有时能看见实物。高升几乎不画那种写实风格的，都是一些很抽象的东西。对于他来说，绘画是表达思想的方式，但他也和我说过，画，很难完全表达出原本的想法。或许表达手段和思想之间必然存在差距，如何缩小这个差距，就是努力的目标。

高升的画，让我感受到他独一无二的心路历程和无与伦比的创造力。他是有一双慧眼的，洞悉着这个世界，当我们偶尔窥探到其中某个碎片，便会引起共鸣至动容。

这个学期开始，他又创办了"问题对谈者"活动，目的是让学校的学生能有一个自由交流的平台。或许是他经验不足，又或许是现在的社会浮躁，他的线下活动很难聚集起人来。我提出过改变活动形式和内容，但他认为坚持初衷比什么都重要。

谭高升，生活和现实怎么也不能把他压倒，他总是携着希望和力量，不停求索。他经常说天命不是束缚，而是自由的助手。他的一言一行让我想起《罗素教育论》里的那句话："勇气，就是智慧的实质。"

他的每分每秒都在思考着，实践着，从不后悔。他说："生活就是理想，理想就是世界。"这句话曾让我一个人躺在被窝里，对着手机热泪盈眶。

他勇往直前的同时，也敦促着我远离颓废和慵懒。

他曾发问：

"要如何生活？

如何爱，如何生，如何死？

如何度过这一寸寸的时空？"

我想，这是我们每个人都要追寻的。

他让我开始相信，在我们身边，总有这样的人，他不为自己而活，而是为人类而生；他不苟求物质的享受，而是追求精神的满足；无论他会不会权倾富贵，有一天会有人对他的思想，对他的文字，对他的话，钦佩和膜拜。

他的存在本身，将为这个世界增添不可替代的光彩。

不论未来如何，我将始终坚信这一点。

谢谢你，谭高升——让我在迄今为止的人生中得以遇见如此璀璨的人物。

（邹思程 2018 年 4 月 25 日）

在时光中冥想

　　短暂的时光里，无限的追忆让生命的碎片粘连在一起。

——邹思程

思想唯有依赖死亡谢幕，因此极致的创作终伴我整个生命。

——《对表达的冥想》

你看那些上了年纪的人，坐在墙根儿，晒着午后温暖的阳光，想着人生里过去的人和事儿，其实是想着死亡的事儿。

——《偷走时光的贼》

对于表达的冥想

　　在没有强力制约的情况下，我继中学之后，第一次主动来到教室，做出了把一整天的满课老老实实上完的决定。不管是真正顺应内心还是为自己寻找借口，过去我为了完全干我想干的事情不得不跳脱体制，然而现在我逐渐开始意识到自由只有受到限制才会保持其原有的初衷。在镣铐之下想象着自由，这比起我过去无拘无束之时，甚至更让我觉得我是身在自由当中。

　　讲台上那个女老师的声音很大，仍然是我非常讨厌的那种口气，今天我本来是打算在学校里读一天书的——为了逃避在家中可能出现的电子设备或者其他事物对我头脑的控制和时间的占用。她嘴里吐出的噪音严重影响到了我专注阅读的质量，这样的情况时有发生，每次我都会怀疑自己抗拒干扰的能力，渐渐的我坦然接受这样的意志不坚定，也许这还不足以称之为意志不坚定。因为除了沉迷于家里的惰性和教室里老师的噪音外，还有阳光经过窗户的折射打在书本上致使眼球产生的不舒服，戴上耳机以阻隔自己之外的喧哗却不免被歌曲的内容取走相当的注意力，这些细碎的不易被人察觉或者说在头脑里反思到的干扰，数不胜数。我的意志力并不取决于是否受到干扰，而取决于我在受到干扰时依旧继续我的阅读的程度。

但即便如此，我利用耳机，窗帘，包括自身意志力所构成的防御，还是没能阻止我的阅读陷入停滞。这并不是我的意志力薄弱，而是我意志力所要守卫的对象发生了转化。由于我读书的时候不得不偶尔停下来，借助作者经典的笔触联想自己的理想和生活，而这种联想继续深入和绵延的方向和距离远非我所能控制。当我零碎的想法逐渐通过理性的思维方式聚合整理在一起时，我便不得不出于表达的欲望和遗忘的恐惧，花费超出预料的时间去完善这些思想，再表达以凝固它们。

我今天所要表达的，恰恰是我对表达本身的冥想。而表达这种事情本身就不是大多数人需要加以思索的内容，所以我要用男人对于女人纯粹的情感过程来比喻我对表达的认识，也是对我自己创作这件事情本身的认识。我将以人面对感情问题而产生的情绪，来类比我创作本身需要取舍而产生的情绪。因为男女情感在每个人身上都有所体现和照应，每个人对这样的阐述都会有感同深受的部分。我选择用这样的方式，以尽量实现让大多数人都能够理解我的目的。

表达分为许多种，越是深入复杂的思想，越需要用简单直接的方式来表达。过去我曾经选择过演讲，诗歌，绘画和影视去表达我的生活，但出于我表达的目的，我最终选择了通过简捷清晰的文章来表达。我意识到表达的目的直接决定了我们将会采取什么样的方式表达。有的人为了自己内心的愉悦与宁静而表达，有的人为了向人们甚至人类提供思想的媒介而表达。这些情况在我所知晓的作者以及我身边的朋友身上，都有所体现。这就好像我们为了不同的目的去恋爱，那么我们和情人相处的方式将会大相径庭。有的人为了爱，有的人为了性；于是有的爱情纯粹，有的爱情杂滥。

我自己曾经用相当长的时间来做出这个决定，最终出于使命之类的原因，选择了为我自己以外的美好而奋笔疾书。我的创作聚焦在了写作上面。这与对某个纯洁的感情或者说某个让我魂萦梦系之人的迷恋，不免有异曲同工之妙。

既然提及了这样的情感，那么其成功的维系，便不可能仅仅依赖那种感情的狂热，还要经过充分思虑的理智的相处。其实我在这里想说的，是我们在写作当中，单靠丰富外溢的情感是远远不够的，情感和思考零散在时间当中，这时它还只是感性的产物，我们想要完整和全面的表达它，需要以理性反过来耗费我们的才智将其整理成新的完整的框架。它在顺序上和逻辑上与之前的细碎的片段已经不同，但我们思想中曾经的内涵，非但没有流失，反而更具光彩。

如果仔细看我这篇文章，你们不难发现我除了我需要写出的内容本身之外，还诚实的交代了我写这篇文章的思维过程，文笔手法和创作目的。我相信这在过去的那些灿烂的名字当中，罕见甚至于没有这样的一个作家似我这样敢于放弃一切迷雾。我这样放弃了一切可以修饰自己的烟幕，是因为我在这场使命中已经完全抛弃了读者对我的看法。我唯一想做的，就是让读到我文字的人，能对我的思想理解得更加清晰。我把文章，作为我的思想和读者之间的媒介。这个媒介的自我防御愈薄弱，它在承接过程中产生的损耗就越低。

我又要拿感情来打比方了，恋人眼中的彼此，只是他们想象的对方，而不是真正的对方。各种感官上的碰撞，是他们之间唯一的媒介，他们掩藏得越少，就理解得越真。

但情人之间理解的程度永远都是有限的，出于个人思绪的变幻莫测，人与人之间互相理解的程度被规定在一定的范围内。许多读者即使读难书仍旧容易不是因为思想水平多高，而是类似甚至相同的内容之前就曾出现在他们的脑中。只不过对于平日里思考得频率不同的人们来说，这种重复出现的频率也存在较大差异。这样的规律警示我：我只能通过牺牲自己而不能通过牺牲思想本身来降低文字的难度。

通过拿自己并不成功的感情调侃着，我说出自己对写作的理解。如果要追求纯粹的爱情，我们便要让除了爱情以外的因素对自己的影响降到最低，我曾经这样纯粹过，也曾经因为伤害而复杂过，但为了达到终极的目的，人必然要回归于纯粹。就像掺入了杂质的情感难获幸福一样，受劣性影响的创作也难结果实。

名利对写作的影响我已不便再多说，因为如今的社会批判这丑陋主流的人声势如潮。但除此之外，某些细微的，深潜在人心中的种子，却在我们的锦簇花团中开出黑暗的色泽。

　　宗教当中人有七宗原罪，饕餮，暴怒，傲慢，嫉妒，淫欲，懒惰，贪婪。我在读写当中，曾不止一次地感受到自己身上的这些东西。就如同我刚才所说，那些令人发指剧烈的丑恶偏偏离我很远，真正让我心生疑虑的反倒是那些让大多数人不曾觉察甚至不以为然的天性。

　　过去经常有这样的时日，我沉迷于一些爱好，游戏和娱乐，它们占据了我回忆，思考和记录的时间。我不得不克服惰性，舍弃留给它们的时间。情感，创作乃至整个人生，都需要果敢和痛苦的取舍。你看中一个女性的品格，便不得不接受她不够出众的容貌；同样，当你需要花费大量的精力进行创作，便不能放纵于休息和享乐。有限的生命给我们的自由戴上枷锁，对时间的掌控却让我们享有更高的自由意志。

　　有时我不禁突然觉得，自己在写作当中是否因为虚荣心作怪而过度以至于滥用文笔，那让我的文字离现实生活更远，离思想本身更远。对比很多作品之间随着我认知程度增强而愈发明显的差距，我这样总结：没有任何一个作品能够将生活记录的完整准确，因为创作中文字写下的不是我们的生活，而是我们对生活的回忆。文字和现实不免有所出入，但出入越小，便越有力量。

　　此外，还有时我会纠结于创作当中的许多细节，生怕它们和哪些大家类似。但无论我们是否和别人一样在恋爱中流于俗套，真正决定其质量的，是我们的感情本身是否鲜活，而不是体现它的形式。笔下的文字则更加具备这样的特征，当有一天我们完全放下这样的担忧，彻底将全部的精力投入倾诉之中，不管以什么样的形式，我们的使命都在稳定的实现着。这需要我们努力克服虚荣，嫉妒等种种劣根性，内心只余一片赤诚。天性让我们无法完全达到这样的境界，无奈这便是神让我们保持的差距。

不置可否，时代对于作家的影响，同样十分巨大，无论作家本人顺应时代或是叛逆时代。这就好比爱情当中人的家庭背景和社会阅历会无形中对人的爱情观念造成巨大的影响一样。务必减弱这种影响对我们心中真理的评判，但同时这种影响却又是不可忤逆的。在阅读许多伟人所著书籍时，我发现每个伟大的思想都是伴随或者早时代一步出现的，同时它又反过来引领时代朝着新的方向前行。尽管如此，爱情观不同的男男女女追求的情感在本质上仍然是同一种东西；由于身处不同时代的缘故，作家们表达的方式和内容各不相同，但他们表达的目的和内核似乎总是趋同的。

想到这里，我抬头，余光扫见了教室角落一对缠绵的情侣。我十分艳羡他们的二人世界，就如同我和我的作品紧紧联系一样，却偏偏具有强烈的排他性。他们坐在角落里，远远避之也毫不在意外界的影响。我在创作之中也是如此，却又比这多了孤独和寂寞。我远离的时候不仅仅是对自己也是对他人的一种伤害，然而我心里清楚地明白如此是为了换取我自己乃至人类思想上更大的胜利。

但心中再次重复一直秉承的观点，无论怎样忠贞不渝的爱情，都需要适当的远离来维持它的生命力。这样一来我又联想到了为何我今天能够将一件事情想得如此深入和丰满，因为我今天距离我所想的事情本身是如此遥远。尽管影响了读写的进度，我却用放空自己换来了这来之不易的思想的状态。明显的，仅仅专注于创作本身是不能让创作继续的，我们需要相当的时间在生活中停滞，在停滞中冥想。创作和恋爱一样需要欲擒故纵。

还有许多恋人的疏远是因为丧失了浪漫的激情，他们忘却了日常平庸的甜蜜。我们在创作当中往往取材于那些曾令我们印象深刻甚至于魂牵梦绕的现实，但事实上越深入的文字，越需要最平凡也是最容易被忘记的琐碎生活作为填充。因为遗忘的无法逆转，后者是需要我们付出超越前者的努力的。

当写到这里，我清楚地意识到了自己写作上长足的进步，这让我不由得回忆起自己曾经的文字，似乎我的笔触都是追随着我灵魂的生长的。但我又想到这样的事实：我脑中的想象已经持续了相当长时间或者说我思想的水平已经步入了相当的境界之后，我才有能力将它们系统的转变为文字。就仿佛情人之间互相的倾诉和彼此真正的感受存在差异一样，我存在于心底和笔下的创作之间，横亘着一道难以逾越的鸿沟，那便是我们有限的表达能力。因此，作家想要把一定水平的内容落在笔下，往往需要达到更高的水平才能完成。

这些就是我自己所能想到的，对待创作这件事情全部的反思了，我清楚地知道自己必然无法描写得彻底准确和完全。除此之外，也许还会有读者质疑我把诸如天赋智慧，人生阅历，敏感观察，文学功底等重要的构成创作的各种条件忽略掉了，然而事实上，在我心里这些要素已经重要到成为一个优秀作家必不可少的品质。我并非对其避而不谈，而是对于这些必不可少的，一定有诸多大家著作比我讲解的更加准确全面。我所谈的，是我在我难得的冥想当中获得的之于创作并不必要却令人难以察觉的影响。出于我之前毫不掩饰的承诺，我在此承认这些。

但仅想到这些，我心里已经五味杂陈，有骄傲，有痛苦，有孤独，有欢喜，有感动。过去相同的时候我曾留下泪水，如今却强作镇定。我怀有的这样的情绪，我在过去曾将其比作赢得一场战争后复杂的心情，但现在我重新变换了一个说法来定义它。

战争中的许多品质和特点，是与写作迥异的，与搏斗的勇猛果敢相反的是写作需要的卑小敏感，与战争的风卷残云相反的是文字的恒远持久。现在的我觉得创作一个伟大的作品更像经历一场纯粹的爱情。

但这并非缩小了创作本身的格局，总有些狭小于个人的事物却比庞大至时代的事物更具有深远的主题。

我就像对待情人一样对待我的创作，在经历了无尽欢乐和痛苦之后，在内心期盼着美好的结果。

当我竭尽所能把表达过程中的问题考虑周详，剩下的便是对我要表达的内容的重新回忆和考证了。

其中包括我对现实与想象，思想与情节，理智与情感的权衡；对遥远往昔的经历和感受的无限追忆；对整个思想逻辑的缜密架构。这些无一不以此前我所阐述的那些品质为基奠。

这些就是我对表达，对我选择的义务，其实是天赋的使命——创作的苦思冥想。当作家完成了对自己创作本身的思考，他真正的创作才得以宣告开始。

这篇文章并非我一时一日完成，而是思索良久，偶有删改。在这个过程当中，我有限的意志也曾有过焦躁和怀疑，不清楚这场表达的尽头在哪里。但怀着对自身使命的敬意和坚定：思想唯有依赖死亡谢幕，因此极致的创作终伴我整个生命。

（邹思程 2017 年 11 月 20 日）

偷走时光的贼

　　我定是活着呢，因为时时听着、时时看着，似乎也时时感受着。

　　能看到的东西多了，能看见更远处的东西，而且似乎感受不到黑夜，即使是梦里，似乎也没有黯淡的角落。

　　小时候，穿过门前土路的那一截，能感受到除了恐惧以外，还有很多东西。黑暗里，柴草垛，还有那棵老榆树，还有粪堆、铁锹、扫帚都成了活物，羊、猪、马什么的，都成了和人一样的家伙，我看见树枝像人的手臂，牛眨着眼睛好像在思想。如果你没在乡村的夜里独自一人走一条土路，你不能体会黑暗是什么。现在不同了，无论在哪里，都亮着灯，人们很晚了依旧在大街上在灯光下活动着。因为没有黑暗，人们忘记了钟点。小时候因为身体还没有太大的力量，因为道路坎坷，村西头好远，得计划几天，才能在某一天去看看村西头那棵更老更粗壮的榆树。现在，早晨出发，晚上却到了比天边还远的地方。回小时候的村庄，因为坐汽车，看到的地方瞬间到达了，小时候那么远的距离让我百思不得其解。坐上汽车，可以看到很多景色，一天看到的，是奶奶一辈子也看不完的，因为她的一双裹缠后的小脚实在走不了太远的路。不知不觉中，我看到的东西实在太多。电视、网络、综艺、影视剧，层出不穷的新鲜事儿，一茬紧接一茬的美女小鲜肉，时时刻刻都有好玩的东西。我不再害怕落寞、孤独这些玩意儿，它们刚刚有那么点儿迹象，打开手机，它们便逃走了。我傻乐了一下，唉，真有意思，刚才愣神的一刻，像个鬼魂的闪影，忽的一下不见了。不见了就是不见了，我不用操心什么时候没有东西来添补。微博、微信、QQ上那么多好友，还有自己喜欢的歌星什么的，忙都忙不过来。而且，那上边的人哪、事呀，都叫人觉得轻松、有趣。他的衣服穿得那叫漂亮、得体，你看李健的胸肌，在西装或衬衫下显现着隐约的轮廓，再听他的声音，在你那不再落寞的心田里添上一缕甜丝丝的忧伤。他们丰富的生活从不会让你觉得生活乏味。胡歌老了，又有了李易峰，还有成熟的孙红雷、张嘉译。你永远都不会无聊。不仅有趣的事儿、有趣的人，还有动人的故事、真人秀，电影电视剧，真真假假，朝着我的生活蜂拥而至。

这丰富有趣的生活的后面似藏着什么。没有黑暗的，没有孤独的，没有间歇的生活好像缺点什么。就像一个巨大的空洞，在上面敷上一层薄薄的帘子，帘子上面撒上一层粪土，然后种上花呀、草啊，日子一天天过去，这巨大的空洞上面也一天天地看似葱郁，可是你敢上去撒欢蹦跳吗？

晚上我闭上眼睛，依旧没有黑暗，我的眼前跑来跑去的，那些我不认识的人啊、事啊，热闹得很。什么汪峰啊、鹿晗啊，他们在荧幕里，在我的面前，和我好像很熟，比我与母亲还要亲昵，因为他们不说我不爱听的话，也不挑我毛病，他们的声音、举止都那么得体、可人。可是我永远走不到他们面前，他们也不会来到我的生活里。如果有一天在街上偶遇，他会逃走，或许还会说身边的人讨厌。那些画面和声音混在一起，像洪水一样把我淹没。长这么大，第一次我分不清画面和声音的差别。我听一首曲子，比如迪玛希的《S·O·S》，本来很深邃、很忧伤的词"为何而生"，可是这些词义一点也显现不出，你的脑海里是迪玛希帅气年轻的影子，还有观众为了他唏嘘的表情，还有现场的一切，这些叠加在音乐上面，让内心那模糊的感动似有似无。吃饭的时候，走路的时候，这些人啊、事儿啊，陪伴着你，让人觉得吃的饭、走的路都不纯粹。这整个儿的人变成了碎末儿，被这些声音、这些场景、这些人和这些事儿的碎末儿给搅拌过，我不再是一个浑个儿的人，也干不出一件浑个儿的事儿。还有一件更奇怪的事。我坐汽车去了难以想象地远的地方，坐飞机去了更难想象的远的地方。在汽车上、火车上、飞机上，在眼前掠过的那些景致，那些地方、那些云彩，真的是掠过了，没留下什么让人铭记和回想的。原来这么多山山水水都白走了、白看了。心里的风景就剩下儿时那片不太大也不太美的山林。那片杂乱地长满杨树和柳树的山林。如果无论怎样煞费苦心，明星云集的晚会，都比不上站在杨树下仰望天空，从树冠漏下的那些细碎的阳光更耀眼。我枕着枯干了的层层树叶睡上一觉，醒来几个小时躺在那里听树林里细微的远远近近的声响，再爬到树上待一会儿。春风里柳叶的嫩绿的清香，深秋灿烂的杨树叶子片片飞落，带着苦味儿，浸透了我的一生。穿越林间给身体带来的道道划痕，告诉我树是什么、树林是什么、山野是什么。汽车带我掠过的，飞机带我掠过的，不是树，不是云朵，不是山野，只是一缕缕风。那些年复一年在田野间劳作的，知道什么是庄稼，什么是田野，什么是土地。那些航拍里绵延的壮丽梯田和油菜花也是一缕缕风。风刮过便刮过了，什么也剩不下。农民记得每年的耕耘，记得每年的收成，他怎么会记得劳作时从田野间刮过的风呢。

那些院子里的、大街上的太多的、太过明亮的灯光，还有手机上、电视上的人，都是一些盗贼，让我的人生里没有自己。没有了黑暗，便没有了钟点。那些永远漂亮，轮番上阵的俊男靓女，让我忘记了岁月。我只看见镜子里的自己有了皱纹和白发，这不老的岁月让我情何以堪啊！要想让这岁月有着悠长的岁月的真模样儿，就得把自己交给岁月。把那些鲜亮的盗贼从生活里赶走，或许日子就像日子，岁月也会来陪伴我们了。岁月是什么呢？是那朝起夜落的太阳吗？是那轮阴晴圆缺的月亮吗？应该是的。在没有街灯、没有电视和网络的年代里，每个长夜里企盼着黎明和升起的太阳，在月亮的圆缺里倾诉自己的孤寂和悲喜，一定把自己放进岁月里了。早上迎着阳光走向田野的男人，在上午阳光里做针线活儿的女人，他们边劳作，边想太阳的位置，每天都不会忘记太阳，太阳在他们的心里便一天老上一点儿。他们中年了，太阳在他们心里也中年了。我们总是没时间看看太阳、看看星空，结果它们始终是新的，有一天，我们自己老了，却没有陪我们一起老去的太阳、月亮，还有田野，那可怎么办呢？

有电视和网络之前的岁月都是古老的。那时候，劳作之余，那些空闲的时光，都是用寂寞填充的。你看那些上了年纪的人，坐在墙根儿，晒着午后温暖的阳光，想着人生里过去的人和事儿，其实是想着死亡的事儿。那些劳作之余坐在炕沿儿上发着呆，站在村头眺望远山的人，想着岁月的事儿，把岁月想老了，再去想死亡的事，生命过程自然而然地向前走着，就像一条无怨无悔奔腾入海的河流。

我不能容忍生命现在的样子，像一片雨滴掉落到干燥的泥土上，泛起烟尘，似湿似躁，成不了气候，便在自己看不见的阳光里升腾掉，好似不曾来过。我关掉电源，没了光亮，没了声音，没了那些俊男靓女。那些滚滚而来的新鲜事儿戛然而止。寂寞此时如一处断崖。我开始想一些事情，也好像什么都没想，怅然若失地坐在这儿，不知过了多久，十分钟、半个小时，还是一天？那些曾经的过往突然像海啸一样一下子朝着我涌来。几十年的生命岁月在几秒钟里又一下匆匆掠过了。我一点一滴地经过的日子怎么变成了一瞬，如梦如幻。此时此刻，那个巨大的空洞露了出来，上面葱茏的花草不见了。原来现这热热闹闹的世界，这糊里糊涂的日子是不能停下来的，停下来了，那处断崖，那个巨大的空洞，是人难以面对的。可是我没有像以往那样，那么轻易地当个逃兵。是的，多么容易的事情，打开电源，打开电视或者电脑，或者手机，那个世界就又回来了。我什么都没做，一个人待着。

　　一会儿想起少年时家里的那座破旧的房子，一会儿想起父亲。一些好久以前的人和事稀稀落落地闪动着。接着想起了那座房子里的那些艰苦的生活，父亲辛劳的举手投足，还有儿子小时候的样子，年轻的丈夫抱着儿子。这样下去，那些日子会一点点地回来，密密织满我的心田。我不再怕那个巨大的空洞，害怕里面会汹涌而出我不能承载的孤寂和忧伤。我也不再怕那处断崖，这些一点一点闪的往事似一道彩虹桥，让我跨过那道断崖，来到一处平静的田野。我不仅想过往，也想现在的生活，还有身边的人和事。事情禁不住想，一想就不一样了。其实我的身边的人一点儿也没少做事情，只是把这些事情的间隙都暴露在了光亮下，都用在了屏幕前。大大小小的屏幕，手机的、电脑的、电视的。我的这些间隙呢，就是关掉电源以后发生的故事。那些平静的间隙里想的那些事儿，那些安详寂寞的时光，组成我生命的链条，不像他们的生命里只有那些做过的事情，剩下的时光被一些心怀鬼胎的人用俊男靓女盗走了。

　　还有一件事情，我以后不能花太多时间去远方。我尽量用双脚走路，汽车载我驶过的那些路都不是我走过的，只有一步步走过去，才不会忽略那些石板。最重要的是那些十字路口，错过了人生的十字路口，就是错过了生命的一处处抉择，也就错过了生命本身。

　　汽车在我身边驶过，还有暗处电源的指示灯在闪动，我还知道他们坐着汽车飞奔而去，其实并没有什么紧迫或者有意义的事情等着他们。我把这些他们都在做的事情，好像也一定出现在我的生活的事情，用一个魔瓶装起来，这个魔瓶是用意志做成的。安静的时光里，我细抒着生命的丝丝缕缕，日子慢了下来，生命变长了。

（赵煜馨 2017 年 12 月 5 日）

云　彩

　　又想起那棵在葱茏的夏季伐倒的大树。它正值壮年，我曾在它的脚下，顺着它的躯干向上望去，一直到它指尖触碰到的云朵。如果我有翅膀，会飞上树梢，去触摸云朵。

　　那天，我怎样虔敬怦动和有些忧伤地去抚摸那树梢上的每一片叶子。要知道，它们曾与云共舞。

　　在黄山光明顶的那个晚上，我走着走着，一缕凉凉湿湿的东西在我的肩头贴着耳畔飘忽而过，我惊异地回头去看，似有似无的一缕！是的，云彩。山间俯瞰那汹涌的云海，它们此时却不再像云彩。

　　我总是期望离那美丽的云朵近一些。云南的云朵就离你很近。走在路上，抬头看，似乎快要摸到了，虽近却够不着。那时有点近的云彩就不怎么像云彩了。

　　只有那高远的，天边的云彩才是真正的云彩。它就像梦一样奇幻美妙。它在童年的天边，在童年的梦里。人来到这个世界，是踩着云彩乘着梦的船儿来的。现实一天一天侵扰童年梦幻的天空，最后梦醒了，童年结束了。人生以后的岁月只是偶尔怅惘地到这个我们人类的故乡，小憩一下。羊儿吃草没有钟点，那河边草地上沐浴温暖阳光的孩子，可以仰望一片云，享受它无尽无休的变化徜徉。人生来就是寂寞的、孤独的。要不怎么一个孩子也不知什么缘故，会在午后或傍晚没完没了地哭泣。大人不理解，会打骂他，说他不懂事，殊不知那颗幼小的心里，藏着又深厚又无边际的忧伤，直到生命的尽头。等到他长大了一点，能走到离家远一点儿的地方，大人又放心地让他在外地玩耍，他或许就可以在一个惬意的温暖的日子里，几个小时地看一片云彩。忙碌的母亲没能满足他们对爱抚的渴求，还有对世间的一切朦胧神秘的想象，在那片云彩里都能找到。

云彩从我的视线里离开了。在人生奔忙的季节里，那些美好的但都不会说话的事物被我们忽视着，这是件多么悲哀的事情，除非它们有着激烈表演的时刻，恰恰又被我们撞见。

在盛夏多雷雨的一天，开着车在高速路上奔驰，就能追上一片又一片云彩，又把一片又一片云彩扔在身后。路的前方和两侧多么辽阔，天地间好像只有云彩在表演。在以前的村庄里，幼小的身体在那么小的天地里，只看见那么一方小小的天空，那么一片云彩，下雨的时候，只知有雨、有雷，不知有云彩。天地在路的周围都给了云彩。若车与风同向。云彩踩着风的脚步，一片一片地向前奔路。那么一片一片被雨拖住脚步的，便变成雨落下了。前面一大垛云黑压压的，似乎赶不到它身边了，竟紧赶慢赶地追上了它。怎料到，就在那相遇的瞬间，那垛云变成了水帘子，密密地如柱倾盆。车穿行于水中，凭着理智，我想像自己追上了一片云，走在云朵里。

想象里，我们对所有事物的认识都是肤浅，从想象再往前走一步，美就消失了。这些感受，需要时间的洗礼，岁月的打磨，再一点点地散发出美来。

还有我身后被甩下的云垛里，又是一场雨。我甩下了一片云，又追上了一片云，穿行于一片云，这过程的趣味超过云彩本身了。终于走上了一段干燥的路面。太神奇了，不是奔跑着，怎么能想象这种经历中的变化呢？

看到天边的时候，我知道云彩从哪里来了。一眼望去，远方似乎只有云垛。比海洋更壮阔，那里是云的故乡。

奔跑了近二百公里，快要到家了。没了辽阔，没了天边，没了前方，只剩下天空的时候，我又看到那一片一片头顶上的云彩了，快到黄昏了，天竟然白青了。那原本黑暗厚重的大片乌云在夕阳里突然变得璀璨恢宏。整个天空，它们依旧是霸主。可这气势如此短暂，随太阳西下，云彩随着天空一起黯淡下来，渐渐地陷入天边的黑暗。

在很长的一段时间里，我的脑海里只有雷雨和那厚重的黑云。这是没有梦幻的季节。

奔忙的脚步在没有任何迹象的时候，突然就停下了。在赛跑时只想着拼命奔向目标，对结束这场长跑以后的事情，是没有时间考虑的。

没有哪一次奔忙没有结果。秋天就是这样紧随着奔放也混乱烦闷的夏季后来临了。

　　美好的季节来临了，虽然你都不知道它的到来。这是不用刻意迎接的季节，很惬意的感觉。那天午后，天空清爽高远，快要到家了，拐进院门的那一刻，在两栋高楼间的那方天空的远方，一垛垛白云伴着秋天成熟的脚步，在天边悄然绽放。我没有回家，沿着一条街道走下去，在一排排楼房的间隔处，远方都是一垛垛云彩。它们从天边的什么地方长出来的吗？在大草原，你就能看到没有遮拦的云彩是什么样的。它们从草原和天空交汇的地方拔地而起，像一棵棵大树一点点长高，越来越茂盛，一点点长满那一片天空。虽然楼宇现在把那如苍山一样横卧天边的垛垛白云隔成一段一段的，但是草原的见识让我的想象逃避了任何拦阻。那些云朵连成山脉一样壮丽辽阔的花团锦簇。它们在我心里的壮美一点也不逊色于那日在大理回头瞥见苍山时的震撼。

　　走累了，恰恰到一处未建完小区的空地上。此处视野很好，坐下来，有一大垛云可入视野。

　　秋天里，云彩也可像植物和人一样，在这个季节收获成熟和美丽。那一垛垛的云彩里，净是纯白的绵软的成熟，在夏季里滤去了雨水，剩下舒舒服服的美丽与安宁。

　　孤独没有原因，寂寞没有来由，它们就像悲喜一样是我们活着的一部分。

　　坐在那儿，看着云彩，不管怎样的美丽，都不能消散我的孤独。每一朵云都是一颗孤独的灵魂。童年的孤独不能言说，谁知长到了这个年龄，孤独依旧不能言说，只是与年龄一起长得更强大了，就像那装满整个天际的云朵簇簇。

孤独寂寞无声，云朵亦无声，却没人可以忽略它们的存在，即使它们难以言说。

你看，楼宇在云朵之下，才显得气派。树木在云朵的背影下，才显苍劲。云朵的气场可与天地间任一事物一决高下了，虽然它们静寂无语。天地之间，云自成一个世界，不是谁的衬托。

即使什么也不做，不看微博，不看电视，也不去喝酒聊天，那些云朵，就能收容我百无聊赖的一切，不管多久，就像童年时的彼此相守。只因这些美丽的云朵，秋天更可爱。

夏天只有雨水，没有云朵。

冬天的天空，丝丝缕缕的薄云或者阴阴沉沉，看不见云朵。它们去哪里了？踩在越来越厚的积雪上，迎着飞舞的雪花，哎，原来云朵片片地落下来了。它们要怎样的等待和幻化才能再回天际？所以，冬天也是个天上没有云彩的季节。除了寒冷、积雪，冬天还有什么呢？即使晴天，天空也低矮很多，孤独寂寞都无处可藏了。

这样的日子里，我能做的，就是在火炉前，烤热僵冷的双手，借着跳动的火苗，闭上眼睛，回到童年的故乡，回到云彩的故乡。

（赵煜馨 2017 年 12 月 10 日）

站在他们中间

　　我悄悄地站在他们中间，时而惶恐，时而平静。

——邹思程

　　我翻开教科书一查，这书没有科目，歪歪斜斜地每页都写着
"义务教育"几个字。横竖睡不着，我又端着它看了大半夜，才
从字缝里瞅出字来，只见满本都写着的两个字是"吃人"！

——《新狂人日记》

　　我最自命不凡的地方不是比别人多一些才华、多一些坚忍的
意志，而是我认为我能做得了自己的主，那些街上与我擦肩而过
的人不能把我怎么样。

——《致我的同辈人》

夏　天

　　天空和云彩似乎都不见了，只灰蒙的无限的一片，在湿热的气团里，夹杂着小商贩的叫卖声，昆虫的聒噪，还有汽车持续的嗡响或时锐时钝的笛鸣。心脏和肺叶似乎承受着从未有过的挑战，鼻孔张到极限，依旧被什么压抑着。整个身体都很沉重，脚步却时深时浅的，显得很轻飘。人们终于找到了理由，只活着不想其他。

　　一条街的两侧几家烧烤店生意都很好，围绕着桌边的男人，裸着他们的肥腹，大口喝着啤酒，大口嚼着肉串，油腻红黑的脸上洋溢着粗陋甚至放荡的笑容。偶尔几个年轻清瘦一点的，看他们现在的吃相，能看到十年或二十年后他们的模样。

　　这个时候，他们只为一个器官活着。其他的欲望都被压制了，消化系统是他们唯一的发泄口。他们比不上一匹饥饿的对食物强烈渴望的狼。为了生存的挣扎不可耻，被欲望俘获不能自制是可鄙的。

他们的肠胃承载不了他们的欲望，偶尔会看见某人呕吐的一摊，比宠物狗在旁边的粪便更让人恶心。那些脏臭的东西让我由内而外地不舒服，甚至痛苦和伤感。我知道真正让我心神不宁和忧郁的东西是根植于天性中的东西，忽而清晰忽而模糊。那些视野里脏臭的东西让我失去一种灵性，一种抓住那清晰一瞥的灵性。

　　女人和男人不同，她们优雅得多，在这个可以裸露肌体还好像天经地义的季节里，她们用水晶鞋和百褶裙装点自己。如此一来，她们要选择别样的方式。

　　她们去听音乐会，和一群人对着台上那个家伙嘶吼，私下里把那个家伙的只言片语、生活里的细枝末节当成甜点；或者去远方，虽然那里的风景不能美到超过我们的想象。

　　就像男人被胃肠左右，女人为她们的无聊左右。

　　在这个葱茏的季节里，人类的世界，在我心里，却一片死寂。

　　他们分明还活着，用不同的方式在这个湿热的气团里，向这个世界、向他们的同类、向他身边的人宣告着他的存在。如果没有这种宣告，他自己都不能向自己证明他的存在。更无法向别人证明他活着。活着只是一种证明的形式，生命的全部意义和内容似乎就是这种形式的证明。

　　男人和女人有一个共同点，就是在吃饭或其他场合，对着别人，对着一群人，不停地讲着他自己想说的话，他自己也不懂的话，或者通过赞同别人，或者驳斥别人，或者说着听来的话，为的是证明他是个活物。

谁也不敢一个人待着，谁也不敢沉思默想，他怕别人以为他死了。

人们不停地忙着，不知道自己忙什么，但他知道这是为了活着，他不知道的是，他不仅仅为了活着，更多的是要证明自己活着，让别人看到他是活着的。

人的很多欲望交织在一起，怂恿一系列人间戏剧不停地上演。

在这些表演里，我看不出夏季旺盛的成长，只看到一些活着的形式。

在这团湿热里，树梢滑过的风丝减轻了我的压抑之感。在路上散步的时候，如果确认能够躲开汽车、狗和狗屎，我会把目光放在那些微风中轻吟慢舞的枝头。

院子里一簇簇低矮的灌木；街道两边高大的杨树；公园湖边老迈的榆树；还有校园里那两排葱茏无限的杨树；那棵独自一个便成一片风景的大树。闭上眼睛，或把那些脏臭的事物从心里清理掉，那些树便来到我的心里。他们是这个季节里让我看到生长的东西。我们只有在生长的事物里才能找到慰藉，也只有这些生长的东西才能让我们无耻到不生长却要证明自己的存在。你看那一株株玉米、一片片高粱地，再看看那些聒噪不止的人们，就会明白这些。

这些静默的家伙生长着。不仅静默，还无所欲求。那些控制不了自己的嘴巴不停地讲话，控制不了自己的胃肠大腹便便，那些控制不了自己的欲望，总是证明自己存在的人，和这些简单的家伙相比，都显得猥琐可鄙。

一个人，在一片高低错落的树林里，在一个荒僻的斜坡上，倚着一棵粗壮的树坐下。我听到了生长的声音，闻到了生长独有的清新甘洌的味道。它们一个个生长得寂寞无声、理直气壮、坦坦荡荡。在它们中间，显得有些苟且。逃离了同类，来到它们中间，把自己藏了起来，作为人的成长，原来也要偷偷地完成。若声张，被别人听到，他们会把你揪出来，不让你长大。他们不能容忍一个人长大，映衬出他们的空瘪。你要让他们认为你死了，放过你，然后偷偷地生长。

所有的生长都是静默的，不管树，还是人。这样的人，独自散落在各自的角落里，寂寞地生长着。如果一个人在他的时代里，有太多的追拥者，那么他注定是庸俗的、虚荣的、贪婪的。他是欲望的化身，被那些欲望的影子颂扬着。

我身后的这棵树，已经长了很多年，完成了它的使命。不管被砍去做什么，化成灰烬或渐渐腐朽，它都完成了它的使命，在它生命的夏季里，因为生长过，无怨无悔，心满意足。

在接下来的秋风里，生长过的生物都心安理得迎接季节给予它的所有。那些假装活着的家伙，却有些茫然和慌张。他们在十字路口烧些纸钱，说是给亡灵捎去些什么，却是安抚自己那颗不安的心。

我大可不必为他发愁，他有太多安慰自己的方式和理由，过了这个葱茏的季节，那些伴着一个器官的欲望的指使，走过来的人，好像依然活着。那些空气中燃烧纸钱的灰屑和味道，这等简单的形式再一次证明了他们活着，和那些故人的不同。

我却如一个幽灵，显得不真实，在这些有声有色的生活形式里游荡着。或喜或悲的乐曲，让人心激荡，深刻的思索却显得没有色彩、没有滋味。

思想是一些人的使命，和静默的树相伴着，走过夏季葱茏生长的岁月，迎来瑟瑟秋风。

（赵煜馨 2016 年 8 月 10 日）

自　己

　　路通文现在内心实际上挣扎得很厉害，真的到了这个时候，他才知道，当一个人真的动了轻生的念头，即使在最后放手实施自杀这个行为的时候，心里也是有着各种复杂情绪纠缠着的。那并不像电视剧或者小说里悲情人物的心情，他此刻没有那些民族英雄面对侵略者慷慨赴死时的激昂，也没有那些彻底对人生绝望于是毅然放弃生命的决绝，反倒是一些类似于懦弱，不舍的东西不停地在脑中作祟。

　　他用眼睛的余光瞟了瞟窗外飘飘洒洒的雪花，落在已经被汽车跑得化开冰雪的柏油路上。地上满是泥泞还有些令人作呕，白色透明的晶体闪烁着路灯昏黄的光芒，一触碰到路面就完全被黑暗吞噬了。路通文实在没有勇气睁大眼睛仔细查看这样的场景，他怕自己多看这个世界一次，就会失去离开的勇气。如果他再多瞧上一眼，就会觉得，那白色的晶体，竟然和自己如此相似，要么在落地之前就随着寒风消失，要么就被黑色的泥水吃掉。

最终，路通文叹了口气，用常人难以听见的声音嘀咕了句不知道是什么的话，然后闭上了眼睛，开始用一种独特却在繁华都市日渐具有普遍性的方式强行催眠自己，让自己开始在一片黑暗中遗忘人生中所有美好的事物。要细究起来他为什么想自杀，会突然发现这个人有些可笑，还有些……傻！

路通文在一所国内知名的院校哲学系取得了博士学位，毕业后留在学校担任教师。距离他开始工作的那天起，他已经任教足足有二十多年了，按照正常情况来看，他怎么也应该混个教授当当，可是迄今为止他还是一个默默无闻的小讲师。倒不是他课讲得不好，说实话他的学生都很喜欢他，当然，幽默风趣是一个方面，性格随和是主要的原因，随和到……逃课，不交作业还是上课睡觉他都不会计较，只会在学校里偶遇的时候冲你一笑。之所以到现在职称还是那么低，是因为过年过节的时候他从来没到任何领导的家里拜访过，至于买一些滋补营养品，或是拿一些购物健身的会员卡，就更别提了。领导和一些资深教授其实心里明白得很，路通文老师无论是学术还是资力都远远超过了很多现在的教授，但是就单单是为人处世，人情世故这一项，就足够让他们给路通文判下了死刑。

在中国，他这样的普通大学教师，只有很少的薪水，在物价飞涨的大都市里，这只能勉强支撑他稍显得寒酸的生活。但是他并不在意这些，在他这个老学究一样的人眼里，这些都是浮云，气节这种东西比什么都重要。可是没有人真的知道，他曾经一个人在办公室里，对着办公桌发一通无名之火，然后用一句"舍生而取义者也"安慰自己，把荣华富贵都看开。

再看他的感情生活，就更悲催，更令人难以接受了。路通文上学的时候也算是英俊，再加上优异的学习成绩和表现，得到了很多漂亮姑娘的青睐。研究生毕业那会，正值他意气风发，成功挽着学院公认最漂亮的女生的手步入了婚姻的殿堂。可是结婚没多久，他工作狂人，不解风情，不懂现实，生活拮据的毛病就把妻子吓到了。两年后，妻子跟着一个商人去了美国，跑了。同事朋友都十分同情，纷纷来劝解他，生怕他想不开，结果他只是淡淡一笑，十分不屑似的说："跑了就跑了吧，这恰恰说明这个女人配不上我路通文！"其实没有人真的知道，他曾经一个人在房间里默默哭泣过很多个夜晚，然后才想到这样的话麻醉自己。

即便如此，无论是工作上有多不顺利，感情受了什么样的打击，都没有让路通文丧失工作狂的热情。可是就在昨天，他被一句话打倒了。

本来是很平常的一天，学校放寒假了，路通文在家中整理一些文件，资料跟书籍，突然有人按响了家里的门铃，他顿了顿，走过去问了句："哪位？"

"老师您好，是我。"他听清楚了这个声音，是班上的一个同学，只是这个向来不怎么说话的学生来自己家干什么呢？他把门打开，让这个小伙子进了屋。一进门，这个同学就从书包里拿出了几张 A4 纸，递给了路通文："老师，这是我写的期末论文，想让你帮我看看，可以吗？"

"可以。"路通文点了点头，接过了论文拿在手上，看了起来。一入眼，题目就让他一愣——《自己》。自己？他没有多问，只是继续往下看，看到最后，一句非常简单的问话让他心头一颤。他的手突然有些发抖，所有被他尘封在心底深处的负面情绪都翻涌着，咆哮着，扑面而来。他缓缓地拖动手臂，把论文交回了那个同学的手上。"写得不错，你先回去吧。"小伙子觉得老师的态度突然变了，好像不太对，可是既然人家已经让自己走了，也不好继续赖在这里，于是他说了声再见就匆匆离开了。

其实放在平常的话，他刚刚会说，这篇论文学术规范不够，一些用词不够恰当。可是他完全忘记了那些，他的所有神经都被那句话牵动了。他突然觉得，自己过去的人生，好像都虚度了，他和普通人没什么两样，甚至还不如他们。三十以前都在为了文凭拼搏，如今已经过了不惑之年，不仅事业算不上成功，到现在连一个完整的家庭也没有。自己也没给社会做出什么贡献暂且不论，就连常人所有的得到财富、权利、地位和尊重的机会也没有。眼看着自己被无情的岁月夺走了青春，他却无能为力。

为了一种虚无缥缈的荣耀，为了一些预知有限的利益，很多人在疯狂地"拼搏"。透支了十二年的风华与激情，摒弃了对事物的思考，失去了对自由的追求，究竟又能换来什么？当我们麻木的双脚踩着繁华街道沧桑的路面，酸楚的鼻翼嗅着现代都市混乱的气息，在日复一日、年复一年的过于规律和模式化的疲劳中迷失，彷徨……再次回头看自己的人生轨迹，如若失魂落魄，悔恨不已，是否还能从头开始？他一直觉得别人，或者说大多数人都陷入了这样的怪圈，可是到了现在，他才发现，自己好像也是这样。既然如此，活着还有什么意义？

就是这样一篇论文，打碎了路通文一直以来的自我安慰。那个学生可能只是一个有了点人生思考的愤青，随便写了写自己对人生，对社会的理解，最后留给自己激动，可是他不知道，就是这样一段稚嫩的文字，就触动了自己那么坚强或者说太会苟活的老师。想了很久，路通文觉得，自己似乎只有通过死亡，才能接受悔恨和痛苦了。

没有站在城市最高建筑顶端一跃而下，或是把自己用床单吊死这样的小说常见桥段，现在路通文面前的书桌上，摆着一个很大的杯子，只有他自己知道这里面浓浓的，都是安眠药。说实话，他还没有那样党派胆量现在拍那么刚烈的死法。也行没等走到楼顶的边缘，他这个有严重恐高症的家伙就退缩了。

闭上了眼睛，路通文不想再睁开，他的手还在颤抖着，冰凉的手心里全是汗水，慢慢地，他的手伸向了那个杯子，举了起来。好不容易，嘴唇碰上了杯子；没有再犹豫，他把一整杯水，里面含有足足1000MG的安眠药，根据他对自己抗药性的了解，是死定了。喝完了陪他不禁有些眩晕，努力把自己放在了床上，很快就睡去了……

他在喝掉安眠药之前，嘴里嘀咕的，也是那句让他们彻底崩溃的话，只是简单的一句："我是谁？"

"自己"是人最难弄清楚的东西，有时候你会突然觉得，即使你想清楚了很多事情，你也没想明白自己是什么，要怎么样。一想累了，就会产生疲惫想要休息的想法，就会把"别人是什么我就是什么，别人怎么样我就怎么样"这个简单的答案丢给自己，随后连那些所有与"人"有关的存在都不去思考了。实际上我现在也不知道这个答案正确还是错误。但是为了说不清道不明的某些原因，我总是承受这疲惫，坚持想弄清楚自己。或许心里还存有一丝希望，那就是我承受的时间越长，弄清楚自己的可能性就越大一些。事实上大多数聪明人是不会选择在这样一个也许永远也不会有答案的问题上纠缠的，所以偶尔精神孤独了，是因为太傻。

（邹思程 2015 年 11 月 30 日）

致我的同辈人

　　有一条或两条街道，它们应该算作一条街道，因为我一般用一个小时或多一点的时间，就可以把它们走完。在这一个多小时的时间里，我是自由的，没有目的，没有快慢的要求，没有要到达的场所，更没有等待我要去见的人。一天一次或几天有这么一次机会，都好自在，好舒服。可是即使这样，一年年走过来，突然发现，有些面孔一天天变得似曾相识。他们也经常在这条路线上或其中的某一段，一年年地走过。我们一起把这些街道走老了。这是此生我们唯一的交集，不知道彼此的其他什么。怪了，闲来无事，这些人会模糊糊地浮现在我的脑海里，他们好像都是我的同龄人，男男女女，四五十岁的样子，好像有点熟悉又很陌生。

　　那些小孩子，走着走着，便长大了，去了别的城市读书，讨生活，或许不再回来了，回来了，也住到别的街区去了。那些年老的，走着走着，或许走不动留在家里了，或者死去了。老的小的，都没留在我的脑海里，模糊的影子也没有。那些铭心刻骨的印象该是怎样才修得的缘分呢？不管好的坏的、悲的喜的，定是叫人生变得不易或丰富的难得经历，或是此生报不完的恩，或是此生还不完的债，或是此生所以如此的缘由吧。

我把比我年长的都看成老人，不管他们三十岁，还是八十岁，我对他们的言行，他们对我的态度，不会真正用心去思考，可能痛恨他们的卑劣，骂他们老顽固、老不死的，或者不屑一顾，但很少伤及自己的感情。不同辈分的人，老的或许因为自己为小的付出太多，会伤心，但依旧不是同辈人之间的感情。让人魂迷意乱的，多是同龄人。因为同龄人与同龄人之间相同的东西多于不同的地方，从他们身上多多少少都能看到自己。为他们或喜或悲，那些悲喜都是我们此生的宿命。就像女人更了解女人，男人之间更易认识，所以你们姐妹或母亲给你找的丈夫一定比不上你的父亲或兄弟给你找的丈夫靠谱。

同龄人之间，一眼望去，对他的经历与状况便有了大致的推断。

这些不由自主地关注了一些的家伙，如果我对他们再多看看，多想想，便觉得他们突然变得奇怪和不可思议。他们是怎样长到这个年岁的？他们都很自信，也心安理得的样子，也就是说，他们为了长成今年的样子和今天的岁数，和我一样，定是做了不少的努力，不少的事情，否则，他们会忐忑不安，因为他们虚妄了年华。

岁月无声，却很神奇，能彰显一些东西，也能掩盖和模糊很多东西。一些其貌不扬，看似平凡的人，忽然有一日成了人物。可是那些生在两个极端的东西，什么时候冲破了标准的界线，变得如此接近。比如美丑，一个美丽的女人老了和一个丑陋的女人老了，就会变得接近，丑的不那么丑了，美的不那么美了，她们都被衰老淹没了。再比如性别，人老了，男人不再那么威武，女人不再妩媚，老头老太太在很多方面，比如个性、外貌都越来越接近，他们只是活着的人，似乎不再有男女之分。他们也会借助岁月的力量粉饰自己。比如一个大半生没干什么善意和有价值事情的家伙，往往更容易用他们老迈换取方便和尊重什么的，年轻一点的也会因为他们老迈，愿意以为他为岁月付出了艰辛和高贵的努力。从未辜负过岁月的人老迈之时，或许更安静慈爱，他真正享受着剩余岁月里的那份安宁。

　　小时候，起码在中学以前，我和成年人之间的距离远超过我们之间身高的差距。成年人本身在我的心里就是神圣的。在我的想象里长成他们的岁数、他们的样子，这个过程定是神圣的。我不可能轻轻松松、随随便便就能长成他们的样子，一定要付出艰苦的努力，甚至还有这个过程中时时刻刻都不掉以轻心的严谨，对每一段岁月和这岁月中的人、事物的膜拜般的思量和对待。在这样忐忑甚至一直压抑的状态里，走过求学的岁月，更艰难地走过了接下来的岁月。我和班上的同学一起长大，一起学习和玩耍。我知道时间的存在，知道它的威严，知道它的神圣，它让我长成成年人，长成一个母亲，一个妻子，一个或许不仅能存活于世，还能给世界留下点什么的人。和我在一起的孩子们，我不知道有没有和我一样小心翼翼成长的人，但我知道，有那么多孩子，他们是不知道时间和长大不易这回事的。他们是岁月带大的，不是自己长大的。

那些街道上从我身边走过的人，那些不太清晰却难以从大脑中抹去的影子，他们从哪儿来？我儿时的朋友，再也没见到他们。我试图见一些同学，用来代替儿时的朋友。我试图在这些同学身上找什么，找一些似有似无萦绕在我心田的云雾，一些我不懂的问题。可是他们代替不了我儿时的伙伴，他们和我在一起的时候，都已经长大了一些，只有那儿时的同伴，带着对世界对未来对成年人崇敬心情，带着敬畏心情，带着迷惑的心情的伙伴，在他们那里，我或许才能找到什么。只要不再看见他们，他们就还都是孩子，没有长大，也没有老去。

街道上的这些人，他们都和我一样长大了，又变老了。他们是怎么长大的？一定有和我一样不易地走过来的，也有一些糊里糊涂地走过来的。不管怎样，生活让他们走到今天，不会只给他们简单的快乐和幸福，还有艰辛和痛苦，不管他们愿意接受与否。这样一想，他们的面容便一点点清晰起来，似乎也不那么陌生和神秘了。一个老迈的人，不管怎样地走过来的人，岁月本身都应赋予他们尊严。

不管长大和老去的过程是怎样的，谁都逃不过生活本身，谁都逃不过生命本身，谁都逃不过苦难，谁都逃不过迷惘。不论曾经怎样荣耀，怎样窘迫，都不要自鸣得意，也不要太自怜卑微。

那群儿时的伙伴在没有我见证的地方和岁月里，长大了、变老了。这些从我身边走过的，不知在哪里长大了、变老了，我们相遇在这条街上。或许他们会像我偷瞄他们一样，瞟我一眼，看似不经意，心底却藏着自己都不知道的意味深长。我们这一代人，一起长大，一起变老的一代人，定是有挺大范围的交集，岁月是这个交集的老师，只属我们这几十年的风雨云天，描绘出这段交集的精彩与无奈。

这一群人，别以为谁离你更近一些，谁离你远一些，或者谁与你亲近、熟悉，因此怎样地影响了你的人生。那个与你天边一样遥远，风马一样不相及的人，或者你根本不屑与之为伍的人，或许就是那场让你身不由己的狂风的源头。这个源头或许是一个人，一个被欲望怂恿，又插上时代翅膀的人，他怀揣梦想又或许心怀鬼胎，不管高尚或卑劣，不管纯洁或龌龊，只要有跟随者，或者也怀揣梦想，或者盲从无聊，或者只有脊椎没有大脑，那个源头都会长成一刮好多年的风。网络是一个巨大的喇叭，马云是怀揣梦想又把这个喇叭当翅膀的那个人吗？他是某股风潮的源头吗？每个人在这股风里，买买买或许就会少点在马云这个荣耀至尊面前的自惭形秽。还有这些年来，补课风潮这样地让我们纠结挣扎，破坏人生本该有的安适幸福，也许只是源于几个脑瓜愚笨却想超过别人，偏偏有几个小心眼，找到老师，给了好处，尝到了甜头的人，然后竟然如俞敏红这样把这种偷偷摸摸没法公之于众的玩意做成了产业，登上了大雅之堂。于是那几个长了几个小心眼的人的小举动，成了散发着恶臭的飓风，没人有藏身之处。怀揣梦想与心怀鬼胎并不是两极，关键是能否引领一股风潮。这些年岁相仿的一代人，整体地在我眼前清晰了起来。不知在哪个城市，在哪个街区，在哪个角落，就有那么一个不可小觑的家伙，引领一股风，让我像个陀螺似的。我最自命不凡的地方不是比别人多一些才华、多一些坚忍的意志，而是我认为我能做得了自己的主，那些街上与我擦肩而过的人不能把我怎么样。

　　源头的力量总是微弱的，其之后的洪大，是因为那些既无梦想也无鬼胎的众多平庸之辈。那芸芸兄弟姐妹，与我擦肩而过，与我一样的同龄人，只要有个人一声号令，又有几个人跟着去了，他们便跟着去了。大家一个样子，才不害怕未来。所以我要做点儿对的事，做点儿自己的事，我前面的万重艰险就是这芸芸兄弟姐妹。他们似有似无，却要我如战士一样斗争，才能坚守住一点什么。而这些战斗好似一个人，好像没有对手，到头来是一个人的战斗，是和自己的战斗。

　　这些芸芸之众，这些配合着源头形成洪大之溪的兄弟姐妹，却永远是追随者，永远追不上那个源头之人的荣耀。源头，即那个始作俑者，和后来者在本质上不同，就像指挥战争，发动战争的人称王封侯，参与战斗的士兵却是炮灰。

只是长大了，只是变老了，似乎没有其他什么，只剩下怅惘。

黄昏时分，让我们不惧怕黑夜的，是明天的太阳。我们能寄希望于子女吗？只能寄托，明知枉然，又有别的选择吗？在子女的成长上，我们那么不理智，因为此生缺憾太多。我们甚至愚蠢到不敢让别人看到子女在身边生活。希望他们去远方，只是为了同辈人看不到自己孩子不如意的生活。其实我们逃避的是人生旅程里规避不掉的平淡平凡甚至乏味。我们达不成的，子女或许也达不成。有些期盼对于人类来说，永远都是幻灭的结局。我们虚荣的追求似乎都源于同辈人的攀比。

一个女人对于服饰的讲究，是给同辈的男人看的，更是给同辈的女人看的，为了把她们比下去；一个男人出人头地的奋斗是给同辈的女人看的，更是给同辈的男人看的，为了把他们比下去。这些人类庸俗的本性阻碍他们此生成就真正有价值事物的脚步。这种心理的表现除了荣耀，还有更为愚蠢的表现。有一个女人走在我前面，从分开两边的缝隙里，能看到大约一厘米的白发的边缘。从脸庞两侧倾泻而下的紫色的卷发，随着她的脚步，诱人地颤动着。如果我没猜错的话，她眉骨上一定有条手术后的疤线，还有下眼睑，两腮，甚至脖颈处，都可能动过手术。她除了让自己欺骗时光荏苒，更想比同龄人年轻一些。这些伎俩连自欺欺人都做不到。只在人群里，在同辈人里虚妄的瞬间，她自鸣得意了一会儿。天黑脱去这些虚假的装饰，她孤独地面对岁月却步无情的催促。

儿时的那个美丽的小伙伴死了。她像她的哑巴母亲一样漂亮。那天她的父亲叔父两个人用一个崭新木板做成的小棺材把她抬出了村子。我的眼泪里没有伤悲，至少没有和死亡相关联的伤悲。儿时的忧伤是莫名的，不和任何具体的事情牵连。她的死在我的生活里，在我日后漫长岁月里，像童话一样美丽。后来，后院孩子的妈妈死了。我很熟悉她，四十多岁，得了癌症。一个大红的棺材在院子里。晚上，忙碌了一天后事的大人都吃饭去了。我从后街玩耍够了，准备回家。可是我必须经过院子，必须经过那个大红棺材。我在狂奔时没忘记看了棺材一眼。那个时候，我不懂得死亡是什么，死亡还没来到我的人生里，也没来到比我大上几岁，甚至十几岁的人的人生里。记得一个十几岁的少女死去了。她的哥哥在她火化后一天里，面色有些异样地出现在大家面前，似乎是要向大家表示他因此长大了一些，懂事了一些，但没有真正意义上悲伤的感觉。他还没长到懂得死亡的年龄。父亲走后，我的悲伤是剜心的痛，而且我的人生道路有些转轨，因为原本重要的事情在我看来不重要了，父亲的死改变了我判断事物的标准。但是这是上一辈人的死亡，死亡还没来到我的人生里，我依旧不懂它是什么，或者只懂一点点。三十几岁的时候，一个大学同学死了，车祸。那么优秀聪慧的人的消失，让人惋惜。悲伤那么肤浅和短暂，偶尔再想起他的时候，似乎他还在那个城市活着，死讯给予我的似乎是生命里程里一个成长标识，一缕缥缈的忧伤从心头飘过，似乎开始了一个我还未意识到的对死亡更深体悟的阶段。

每当我经过家附近那个小小的路边小广场，就会想一个死去的同事。我们一起参加会计师考试，又一同配合工作了几年。他死之前的日子里，经常坐在广场里的木椅上，我从未去和他一起坐在那里聊聊天。那个时候，我还不知道一个临死的人说的话的分量。也许他那时候远眺的或迷离的目光都寓意深邃，这些东西会在我的记忆里，在日后的某一天醒来，告诉我一些关于生命的秘密。死亡是神秘的，死后的事情没人告诉我们，只是死之前的人会告诉我们一些面临死亡的事情。现在走过这里我就会想，他会想起很多事情、很多人，一定望着我家的房子想起我，想起我们一起共事的日子。这些日子一定不像它们在我心里那样不足挂齿。只是逝去的才会神圣起来，日子还有人。从这个时候开始，死亡真正的概念开始来到我的心田了，只是我还不知道。

直到那一天，一个在仕途上正平步青云的同学去世了，死亡在瞬间来到了我这一辈人的生活里。生命在被我们意识到它宝贵且短暂时，芳华已逝。

生命的脚步如果不会停歇的话，山顶的停留短暂到一步便可跨越。就像三角形的顶点长度和两边相比，可以忽略不计。我们已经走到下山的那条边上了，没有比这更深刻的伤感，今后的岁月只能让它更浓重，没有什么能让它变得淡漠。

一定有那么一些人，在马云的荣耀面前，不自惭形秽，不在任何富贵面前黯然神伤，因为他敢于对岁月说，我无愧于生命该有的追寻，无愧于生命该有的战斗。

　　我走在这些街道上的时候，对在我身边走过的人，迎面走来的人，那一瞥里，似乎多了一缕温情。

　　　　　　　　　　　　　　　（赵煜馨 2017 年 12 月 25 日）

后　记

　　《生长的故事》即将出版，作为丈夫和父亲，替他们娘俩高兴。他们多年思考的结果会因此分享给更多的人。

　　妻子从小家境不富裕，但可谓书香门第。岳父是老三届，"文革"时期被错划成右派，受过劳动改造，平反后任高中语文教师，对中国古典文学和西方哲学颇有研究，当时在全县教育领域很有名气。受家庭熏陶，妻子从小酷爱读书写作，她的作文经常被老师当范文拿到不同年级去念。而我在小学和初中阶段，除读过"小人书"外，几乎没有读过其他一本课外读物，文学修养几乎为零。

　　妻子一直有记日记和写散文的习惯，自我们结婚以来，我便成了她第一个忠实的读者。看到精彩的段落，总是赞许一番，鼓励她投投稿件，好让更多人受益。妻子参加工作不久，就通过了注册会计师的考试，周边人认为她会开办会计师事务所或去发达地区谋求发展，或在本单位谋求更高的职位，但她毅然放弃了常人的选择，继续当她的小职员，专心培养孩子。儿子出生后，她就尊奉《爱弥儿》的教育理念，让儿子自然成长。

从初二开始，邹思程也开始写作了，一些诗歌和小散文。自此，我既扮演他们娘俩儿第一读者的角色，又承担起两人作品打字编辑的任务。文学哲学这样的思想性书籍开始走进我的生活，我开始关注思想性的东西，试着读一些名著，看不懂就请教她们娘俩儿，一年年积累下来，感到自己思想水平有了很大提高。他们母子俩交流的时候，我也能插进几句，表达自己的观点，得到他们娘俩肯定时候，很有成就感。我现在最大的乐趣，就是听儿子或妻子就某一问题高谈阔论，听到动情处，记录下精彩语句，或干脆用手机把整个谈话内容录下来，过后进行温习。

现在，我们的小家庭俨然成了一所学校，家庭的文化氛围很浓厚，正能量十足，灵魂、自由、信仰，理想，这些词汇充满了家庭空间。儿子上大学后，他和母亲坚持书信交流，彼此相互鼓励，妻子在记录大量教育日记基础上，决定创作一部教育著作《两个人的学校》，客观真实地反映多年来与应试教育博弈的心路历程，将作为一个母亲如何培养孩子的经验和思索分享给更多父母。儿子在撰写两部长篇小说基础上，又完成《浅观》，这是儿子第一部纯粹思想性的作品，希望这部作品能在思想上给人以启发。现在他正构思一本长篇巨著，用小说体裁表达《浅观》中的思想，给思想具体的载体，他决定用十年、数十年甚至一生的时间完成这部作品。

他们母子的生活态度对我的从政理念产生了较大影响。主政希勤乡时，提出文化兴乡"八大创意"，在全省率先提出"德文化"，每年举办"德文化节"，希勤被评为"全国文化建设先进单位"；主政党委办公室后，开展激情阅读、激情演讲、激情写作、激情实践"激情四项"活动，开展道德星、运动星、读书星等"十星"评选，营造了浓厚的机关文化氛围。我感谢妻子，也感谢儿子，因为他们是我最贴心的老师，希望他们永远坚守自己的精神家园，写出更多对社会有益的作品。

　　我们这一家人，从不奢望大富大贵，只求平平淡淡、安安稳稳的幸福生活，如果能在这基础上成为对社会有用的人，能成为一个有贡献的家庭，那就更令人快乐了。现在我开始觉得，我的妻子，我的儿子，给了我这样的家庭、这样的幸福。

邹洪玉

2019 年 2 月 21 日